船手奉行さざなみ日記(一)

泣きの剣

井川香四郎

幻冬舎時代小説文庫

船手奉行さざなみ日記(一)

泣きの剣

目次

第一話　かぶと船

一

安政と年号が変わって早々、またペリー提督が率いる黒船が神奈川沖に現れた。去年が四隻、今年は七隻に増えた。

船手奉行所も船手頭《ふなてがしら》に従って、警備のために沖合まで多くの船を出していたが、相手は巨大な軍艦である。手も足も出ないとは、このことであった。また幕府は庶民に対して、メリケン（アメリカ）の軍艦を見物することを禁止しており、船手奉行はそれを取り締まる毎日であった。

「――実につまらぬ」

昨年暮れに、船手奉行職に就いたばかりの串部左馬亮《くしべさまのすけ》は、腹の底から溜息《ためいき》をついた。規則通り、白い軍羽織に袴《はかま》姿であるが、撫《な》で肩だから、あまり締まっていない。船手奉行所の目印である朱門の前に立って、江戸湾の遥《はる》か遠くに停泊しているであろう黒船を仰ぎ見る仕草で、

「本当につまらぬ。かような〝吹きだまり〟に私を送りつけるとは、幕閣も人を見る目がない。そうは思わぬか、坂本」

と傍《かたわ》らにいる内与力《うちよりき》の坂本弥八郎に吐き捨てるように言った。内与力とは自分の家臣から、船手奉行所に出向させている与力職である。つまり奉行一身に仕える者であって、船手奉行所の与力、同心、水主《かこ》などの職制には組み込まれていない。

串部はやりきれなさそうに、もう一度、溜息をついた。瓜実《うりざね》顔で垂れている眉《まゆ》は、まるで公家《くげ》のような弱々しさで、奉行とは思えぬほど頼りなかった。

前の船手奉行・戸田《とだ》泰全《たいぜん》が退官したことに伴って、その職を引き継いだのだ。が、異国船が江戸湾にまで入ってきて、大砲を撃つという脅威が漂う世相にあって、到底、海の猛者《もさ》を操れる風格はなかった。もっとも、当人も腰掛けのつもりである。半年も経《た》たぬうちに、江戸城の本丸か西の丸に勤めるしかるべき奉行職に代わるは

ずだ。だから、余計にやる気がないのか、いつも溜息ばかりで、

「早《はよ》う日が暮れぬかのう……」

と朝から夕餉《ゆうげ》の心配ばかりをしている。とにかく、何かあったら船に乗って何処《いずこ》なりと出向かねばならぬから、憂鬱《ゆううつ》でしかたがなかった。泳ぎは苦手だし、船酔いも激しい。だから、父親に一日でも早く配置換えをと願っているのだ。

左馬亮の父親は、串部主計亮《かずえのすけ》といって、四人いる勘定奉行のひとりである。いずれどこか二、三万石の領主となって、幕閣入りする野心家でもあるから老中若年寄からも一目置かれている人物だが、陰では不当な賄《まいない》を要求したり、公金を着服しているという疑いもある。

――火のないところに煙は立たぬ。

ではないが、黒い影がいつもつきまとっている。

そんな親父《おやじ》を持つ息子とすれば、己の器量よりも親父の威光ばかりが頼りで、責任も取らぬ腑《ふ》抜《ぬ》けに違いなかろう。

事実、公儀から〝出動命令〟が出ても、自分は奉行所に残り、与力や同心ばかりを煽《あお》り立てて危険な海域に向かわせる。船手奉行とは、今で言えば〝警視庁水上警

察〟で、船手頭は〝海上保安庁〟と〝海上自衛隊〟を足したような存在である。ゆえに、大組織の『船手頭』である向井将監《むかいしょうげん》と綿密に連絡を取り合って、今まさに起きている国難に取り組まねばならないときだった。

その左馬亮の代わりに先頭に立っているのが、船手奉行筆頭与力に抜擢《ばってき》されて二年目になる——早乙女《さおとめ》薙左《なぎさ》だった。

薙左が船手同心になった十二年前は、異国船が近海に出没していたとはいえ、まだ〝脅威〟ではなかった。だが、時の船手奉行・戸田泰全は、アメリカ商船のモリソン号が漂流民の引き渡しの代わりに通商を求めてきた頃から、

「いずれ船艦が来るときがあるだろうから、海防を強化せねばならぬ」

と訴えて、奉行所内の組織も改めていた。それまでは、奉行以下、与力と同心をあわせてもわずか数名だった船手奉行所に、与力三人、同心三十人、水主百人という体制を作り上げた。もはや〝吹きだまり〟と呼ばれる奉行所ではなかった。

とはいえ、戸田は林子平《はやししへい》のような〝国防主義者〟ではなかった。だが、江戸市中を守るために、安房《あわ》、相模《さがみ》の海岸を備えるという林の考えには傾倒していて、弘化四年（一八四七）から始まった、江戸湾内のお台場築造にも積極的に力を貸してき

た。

しかし、幕府の対応は鈍く、戸田の意見などろくに聞きはしなかった。だが、昨年、訪れたわずか四隻の蒸気船と帆船に度肝を抜かれた幕府は、急遽《きゅうきょ》、品川沖に六基のお台場を造ったものの、結局は再来したペリーの交渉に屈する形で、日米和親条約を交わして、寛永年間から二百年余り続いた〝鎖国〟政策は、呆気《あっけ》なく終わったのである。

とはいえ、開港した港は、下田と箱館だけに限られている。異国人が好き勝手に上陸してよいわけではないし、異国に行っていた者が自由に帰国できるわけでもなかった。国内においては、攘夷運動も諸国で始まっており、まさに〝内憂外患〟の時代に突入していたのである。

そんなある夜――。

高輪の大木戸と品川宿の間の海岸線を警備していた薙左は、妙な一団を見つけた。自分の背後には、筆頭同心の鮫島拓兵衛《さめじまたくべえ》とまだ船手に来たばかりの若い同心・広瀬恭矢《ひろせきょうや》ら数人の船手同心が控えていた。異人が密《ひそ》かに上陸するという噂を、漁師から聞いていたのである。

闇の中、沖合から、ゆっくりと近づいてくる艀《はしけ》がある。船には荷物が積まれていて、筵《むしろ》が被《かぶ》せられている。いかにも、人が潜んでいそうな感じであった。

だが、その艀は一艘や二艘ではなかった。闇の中から、次々と数十艘の群れとなって出現してきたのである。

「な、なんと……！」

薙左のみならず、鮫島たち同心もみんな固唾《かたず》を飲んだ。もし、あの中に、メリケンの兵士たちがいて、一気に陸《おか》に上がってきたとしたら、この場にいる同心数名だけでは対処が難しい。争い事になれば、死人や怪我人がでるかもしれない。

「サメさん……ここは手出しをせずに、一旦、見守りましょう」

鮫島は筆頭同心になったとはいえ、はるか年下の薙左が格上の与力、しかも筆頭になったからには、命令に従わねばならぬ。潜んでいる場所は陸の岩場だが、海の男たちは一糸乱れぬ覚悟で〝上官〟に従わなければ、命に関わることになる。船手奉行たちは、まさに命の絆《きずな》で結ばれているのだ。

「しかしな、薙左……いや、早乙女様。もし上陸して来るならば、体を張ってでも阻止せねばなるまい。たとえ戦いになっても、この国を守らねばならないのだ」

「もちろんだ。だが、戦うかどうかは俺が決めます」

「相手は短筒より優れた、鉄砲を持っているという話だ。離れた所からでも、次々と連発できるというから、油断はなるまい」

「分かってます。いいですか……まずは、本当に異国人かどうか確かめる。近頃、出没している抜け荷の一味かもしれませんからね。その上で、合図を送りますから、サメさんは同心たちをバラバラに散らせて、身を潜めていて下さい」

「おまえは……あ、いや、早乙女様は」

ふだんは、「薙左」「おい」「ゴマメ」などと親しみを込めて呼んでいる鮫島だから、つい口から出てしまうが、威儀を正して真顔になると、

「承知しました。ただし、ひとりで無茶はしないように」

と薙左に言って、同心たちを海辺から離れた物陰に隠れさせた。

——そもそも、艀が湊《みなと》でもない所に来るのがおかしい。

薙左はそう思いながら見守っていた。もし抜け荷一味ならば誰何《すいか》して直《ただ》ちに捕縛するか斬《き》ってもよいが、異人だとすると斬れば〝国際問題〟になることは分かっていた。一瞬のうちに難しい判断を迫られることになるが、憂えてもしかたがない。

当たって砕けろと思いながら、闇の中を凝視していると、艀の集団はゆっくりと行き先を変えて、高輪の方へ向かいはじめた。

――直《じか》に、江戸に上がるつもりか。万が一、隅田川などに入れば、大変なことになる。

と薙左は胸が昂《たか》ぶった。

江戸っ子の中には、異人なんぞ見つけたら殺してしまえと、激しいことを言う者もいたからである。それは恐怖への裏返しだった。だが、薙左は異人も同じ人間だと知っている。十年前、江戸湾沖に異国船が来た折り、図らずも乗船したことがあるからだ。むろん、日本人とは違うが礼節を弁《わきま》えており、言葉は通じずとも、真摯《しんし》に向き合ってくれた。

本来ならば、国禁を犯したことになるが、探索上、捕らえられてのことだから、戸田が不問に付したのであった。

とはいえ、艀を使って上陸を目論《もくろ》むとなると、この国の御定法《ごじょうほう》で裁かねばならない。薙左が身構えて、場所を移そうとすると、いきなりパッと投網《とあみ》が物陰から投げられた。とっさに避けようとしたが、一瞬にして全身を捕らえられ、身動きできなくなった。

「何奴ッ――！」

刀を抜こうにも網がきつく締まって、抜くことができない。

すると、若い岡っ引風の男が飛び出してきて、

「やった、やった！　捕まえたぜえ！」

と投網に絡《から》まる薙左に近づいてきて、十手《じって》でゴツンと体を叩いた。その後ろから、体の大きな黒羽織に小銀杏《こいちょう》、雪駄《せった》履きの男がぬらりと現れた。いかにも腕っ節の強そうな町方である。

「何をする。この網をどけろッ」

薙左が叫ぶと、岡っ引はキャッキャと猿《ましら》のように飛び跳ねて、

「ざまあねえぜ！　言い訳なら、奉行所のお白洲でやんな！　この盗人めが！」

と実に嬉しそうな声を張り上げた。

たしかに探索のため黒装束を身にまとっていた。暗くてよく見えないのか、同心の方も少し酒臭い息を近づけてきて、

「抜け荷一味を張り込んでたんだよ。仲間はどこだ。正直に言わねえと、痛い目を

見るぞ、おい！」

と薙左の脇腹に蹴りを入れた。と、思ったが、それはうまく薙左が避けて、相手の足首を摑《つか》んで、丁度、膝折をする形で倒した。したたかに岩場で背中を打った同心は、

「やろう、やりやがったな！　ぶっ殺してやる！」

必死に這《は》い上がろうとしたが、薙左は足首を離していないので、うまく立ち上がれない。驚いた岡っ引は十手で、薙左の腕を叩こうとした。が、綱に絡まったままながら、薙左は岡っ引に足払いをして、倒した。向こう臑《ずね》でも打ったのか、

「ひえええ！　痛《いて》え、痛えよう！」

と岡っ引は情けない声を上げた。同心の方は、のっそりと立ち上がると刀を抜き払って、

「てめえッ。覚悟しやがれ！」

ジャリッと足を踏みならして、打ち込もうとしたとき、

――シュッ。

と暗闇の中を小柄《こづか》が飛来して、同心の腕を掠《かす》めた。わっと声をあげて仰《の》け反《ぞ》って、

振り返ると、鮫島と同心たちが物凄《ものすご》い勢いで駆け寄ってきていた。

「相手なら、俺がなってやるぞ！　船手奉行所筆頭同心、鮫島拓兵衛である！」

絞り出すような声を出した鮫島に、同心は驚いた目になって、

「船手奉行所だと⁉　まことか！」

駆け寄ってきた鮫島と、広瀬ら若い同心もすぐさま抜刀して取り囲んだ。

「待て待て！　俺は北町奉行所筆頭同心、奥村慎吾《おくむらしんご》である！」

「なんだと⁉」

鮫島は半信半疑で近づきながら、凝視して、

「おう、たしかに奥村殿。俺だ」

「鮫島……船手がかような所で何をしておる。しかも、その黒装束……船手は白羽織に白袴と決まっているはずだが？」

「闇夜の烏《からす》にならねば、敵に気取《けど》られる」

「敵……？」

「もうとうに、向こうへ行ったようだがな」

高輪の方を見やってから、鮫島は薙左に駆け寄って投網を刀で切り裂いた。

「このお方は、船手奉行所筆頭与力の早乙女薙左様だ」

「え、あの……!?」

これまで数々の海賊退治だの抜け荷一味の捕縛だのをしてきたことを、奥村も知っていた。まだ若い岡っ引は仰天し、

「よ、与力様……!」

同じ御家人でも与力と同心では、格が違うから、恐縮して平伏して、

「も、申し訳ありませんでしたッ。お、奥村さんがやれって言うものでして」

と言い訳をすると、その頭を奥村がパシッと叩いた。

「玉助《たますけ》！　余計なことを言ってる間に、奴らを追え！　向こうだ、向こう！」

追い立ててから、奥村は振り返って、

「俺は謝らぬぞ、早乙女様。胡乱《うろん》な奴と思ったゆえ、こっちは職務でやったまで。しかも、おぬしも元は同心……ご出世した理由は知っておるが、まあ、うまくやったものだな」

と嫌味たらしい口調で言うと、鮫島をもひと睨《にら》みして立ち去った。

「おい！　それが町方のやり方か！　異国船が江戸湾に入ってきて、大砲を突きつ

けているときに、そんな下らぬことしか言えないのか、貴様らは！」

憤懣《ふんまん》やるかたない鮫島は、今にも斬りかからん勢いだったが、ぐっと抑えて胴田貫を鞘《さや》に収めた。

「サメさんも、まだまだ若いですね。油断した私がいけないのです」

「まったくよう、世話が焼けるな。これでは、義父の戸田泰全様も、安心して、おまえに筆頭与力なんぞ任せられまいに。むろん、江戸で指折りという美しくて、穏やかで、優れて賢いという噂の奥方もな」

鮫島は半ばからかうように言うと、薙左はバツが悪そうに笑ったが、

「さっ、敵は向こうに……急ぎましょう」

と駆け出した。

怪しい雲が広がり、黒い波がじわじわと押し寄せていた。

二

その夜は——結局、艀の集団が何処に消えたのか分からずじまいだった。薙左の

報《しら》せを受けて、船手が百人態勢で鉄砲洲から隅田川河口界隈《かいわい》を松明《たいまつ》を掲げて警戒したが、まるで霧のように消えたのである。

船手奉行の同心たちは、薙左の指示のもと、夜通し駆けずり廻《まわ》っていた。万が一、異国人が上陸して、江戸町人に危害を加えるようなことがあれば、ますます異国船に対する感情も悪化し、老中首座の阿部正弘《あべまさひろ》らが根気よく交渉していることが泡となるかもしれない。

阿部正弘といえば、幕閣一の切れ者として通っている。「天保の改革」を断行した水野忠邦《みずのただくに》を追い落として、弱冠二十五歳で老中になった阿部は、その二年後には老中首座となり、異国船の追放や中国の阿片戦争を鑑《かんが》み、海防掛《がかり》などを設置した。外敵に晒《さら》されている幕府の中枢として、薩摩藩の島津斉彬《しまづなりあきら》や水戸藩の徳川斉昭《とくがわなりあき》などと連携をしつつ、多くの新しい人材を登用して危難に当たっていた。

この間、アメリカ東インド艦隊やロシアの艦隊が通商を求めてきていたが、阿部は断固として拒否し続け、〝異国船打払令《いこくせんうちはらいれい》〟の復活などを検討した。これは外国との戦《いくさ》になると他の幕閣が反対して実現はしなかったが、いずれにせよ優柔不断もあいまって、ずるずるとペリーの再来によって、日米和親条約を結んでしまったのである。

条約締結をしたがために、海防掛であった水戸斉昭が辞任し、ますます幕府内も混乱を極めていた。

もとより、薙左たちはそのような雲の上のお偉方の事情など知る由もないし、ゴタゴタには興味がなかった。ただただ、この国のため、この国の人々のために自分のするべきことを考えて、実行していただけである。

だが、新しい船手奉行の串部は、どうも覇気がない。部下が夜通し警護に当たっていたことに対してすら、何の感慨もないようである。さすがに、薙左も腹が立って、

「お奉行……みな、へとへとに疲れて、黒船騒ぎによる警護をしているのです。交代で休んでいる水主たちに、ねぎらいの言葉くらい、かけてやればどうですか」

と声をかけた。

執務している部屋に座したままの串部は、無表情のままで、

「おまえは、与力の分際で、奉行の私に意見をするのか」

「お願いをしているのです」

「ならば、聞かん。部下に頼まれたことを一々、聞いておったら我が身が持たぬ」

「奉行の身のことなど、どうでもよろしい。同心や水主たちのことを案じて下され。それが、奉行のお務めでございましょう。前《さき》の戸田奉行は、私たちが海に出たときなどは、屋敷には決して帰らず、まんじりともしないまま待ってくれておりました」

「ふん。そうやって、すぐ義父の自慢をする……それが、私には煩《わずら》わしい。ああ、煩わしい。立ち去れ」

子供じみた態度で手を振る串部に、薙左は呆《あき》れたように、

「ならば、お辞めになればどうですか。あなたこそ、お父上の采配で、お好きな奉行になることが叶《かな》いましょう」

「貴様……」

串部は憎々しい目になって、

「私がおまえより若いと思って、舐《な》めているのか」

「まさか。そんなことを言えば、鮫島さんなんぞ、私よりずっと年上ですが、よいつきあいができておりますす」

「嘘をつけ。おまえこそ義父のご意向で、同心から与力に格上げとなって、腹の中ではしてやったりと、鮫島を見下しているのではないか？」

「自分の物差しで人を測らないで下さい」

「そもそも同心から与力になんぞ、なれないのだ。おまえが、戸田泰全様のひとり娘の静枝《しずえ》殿を嫁に貰《もら》ったから、特段の配慮となったのではないか。しかも、いずれは戸田家を継いで旗本だ。まあ、うちのような八千石の旗本と違って、小身旗本だから、おまえがどんなに偉くなっても、私と対等にはなれぬがな」

「今、私の妻の名を呼びましたが、ご存知なので？」

　薙左は不思議そうに訊《き》いた。串部は一瞬、ためらったように咳《せき》払いをしたが、

「ああ、よく知っておる。一度、見合いをしたことがある……あっさり断られたがな」

「そうでしたか……」

「断られてよかった。串部家と戸田家では釣り合いが取れぬ。しかし、おまえのような御家人を選ぶとは……静枝殿も貧乏くじを引いたものだのう」

「まあ、それは、よく言われます。うちでは何をしてもとろくさいと、毎日、叱ら

れてばかりだ。四つになったばかりの息子と一緒にね、アハハ」

頭を掻《か》いた薙左を、串部は睨みつけて、

「のろけておるのか……戸田様に聞いた話では、実に幸せそうだ、とか。しかも、おまえが、たまさか用事で戸田家に行ったときに、静枝殿の方が、『この人に決めた』と一目惚《ぼ》れしたそうだな」

「そうなのですか？」

「……まったく、むかっ腹が立つ」

串部は立ちあがると、

「お陰で私はまだ独り身だ。もっとも、大名家から嫁を貰う話もある。しかも、静枝殿よりも、美しく賢く気だての良い女でな」

嫌味な顔で吐き捨てるように言って、屋敷に帰ると出て行った。

「まったく……あれでは、いない方がましではないか……それにしても、静枝と見合いをしたとはな。今度、訊いてみるか。いや、余計なことだと突っぱねられるだけか……あの気性は、やはり父親譲りかな」

薙左はひとりごちて微笑《ほほえ》んで、朱門の外を見やった。

昨晩の出来事が嘘のように、晴れ晴れとした江戸の空の下は、まるで黒船騒ぎなどないかのように穏やかだった。

江戸の人々はいつもと変わらず、真面目《まじめ》に働き、子供を育て、つつましやかで平凡な暮らしをしているだけであった。そんな人々を守りたいというのが、薙左の願いである。

江戸は、水の都ベニスに似ている——と、明治期に来日した欧米人は口を揃《そろ》えて言っている。たしかに、江戸湾とそこに流れ込んでくる隅田川や多摩川、そして江戸市中に網の目のように広がる掘割には、ゴンドラとは形も色も違うが、無数の小舟が行き来していて、櫓《ろ》や櫂《かい》を漕《こ》ぐ音が空に広がっている。そして、陽光を浴びて、水面《みなも》はいつもきらきらと音がしているように眩《まぶ》しく輝いていた。

しかし、海の色はベニスのようなエメラルドグリーンではなく、むしろ黒っぽかった。これは、隅田川や多摩川が運んできていた土砂のせいである。とはいえ、半透明の江戸湾と隅田川の汽水域では、泳いでいる魚が見えるほどだった。江戸に魚が豊富なのは、淡水と海水が混ざっているのもあいまって、上水道が常に流れているからである。

魚の豊富な海や河、掘割を見廻るのは、本来は川海掛という町奉行の役職だったが、船手奉行所に人員が増えてからは、もっぱら船手の仕事だった。そのために、町奉行所とは、以前のような〝縄張り争い〟はなくなったが、同じ役人でありながら、いまだに所属している役所の管轄に拘《こだわ》る与力や同心もいた。

たしかに、掘割は広いとはいえず、荷船が行き来するのは櫓や櫂がぶつかるほど窮屈であり、当然、接触する事故が多かった。時には転覆するという惨事も招く。よって、船手の仕事も増え続けていた。本来は、黒船対策に出向く余裕はないのである。

また、荷船の通行を妨げないために、河川に浮かんでいる塵芥《ごみ》を拾う仕事もある。それらは、町々に委《ゆだ》ねているものの、不用意に捨てる者もいて、本当に困っていた。町で雇われている芥取人《あくたとり》が毎日のように出向いていても、〝不法投棄〟は一向になくならず、幕府の鑑札を持つ業者が塵芥の収集や処分をするようになった。だが、人も船も増えすぎて、十分に機能していなかった。

だから、江戸市中には〝夢の島〟まで運ばれないまま、瓦礫《がれき》のように積まれたままの塵芥があって、そういう所がまた無宿人のたまり場のようになるから、風紀にも影響があった。そして、町中に放置された塵芥は、町奉行所が処分するのか、船手奉行所が片づけるのかと、争い事で紛糾するのである。

「まったく……黒船で騒いでいると思えば、塵芥でも騒いでいる……まこと、人というものは面白いものだわ……」

昨夜《ゆうべ》出たものを、塵芥捨て場に運んできたさくらは、ふっと溜息をついた。

鉄砲洲稲荷《いなり》前の居酒屋『あほうどり』の女将《おかみ》になって三年――店の小女《こおんな》だったさくらは、前に女将だったお藤《ふじ》から店を譲り受けて、ひとりで切り盛りしているのである。船手奉行所は目と鼻の先だから、鮫島がよく手伝ってくれるが、今は職務が大変で、なかなか立ち寄ってくれそうもない。

さくらは薙左が結婚をしてから、

――女を捨てた。

とばかりに、仕事に精を出した。が、『あほうどり』で働き続けたのは、それでも薙左の顔を毎日、見ていられると思ったからである。その健気《けなげ》な思いは、お藤が、船手奉行所与力だった加治周次郎《かじしゅうじろう》の側《そば》にいたくて、この店を出したことに通じる。

そのお藤は今は、深川の方に住んでいる。これまた川船《かわふね》奉行与力として、中川船番所に詰めている加治の近くにいたいからである。もっとも、このふたりは一緒には暮らしていないが、夫婦同然の仲である。

「どうしてるのかなあ……お藤さんも近頃、来てくれないし……」

そんなことを思いながら、店に戻ると、道端の荷物にけつまずきそうになった。

「痛いなあ、まったく、こんな所に……」

河岸に積み置かれたままの荷物もまた、問題であった。鉄砲洲のこの辺りには、廻船《かいせん》問屋や酒問屋が多くて、河岸に船荷を起きっぱなしにしていた。もちろん、蔵もあるのだが、入りきらないものや、届いたがすぐに配送するものは、一時的に放置しているのだ。

御定法では、蔵の間口と同じ幅の河岸を使うことは認められてはいたが、置きっぱなしは御法度だ。だが、町奉行所でも船手でも、商売に関わることだから、大目に見ていた。そのため、船荷が崩れ落ちたりするから、中には囲いや枠まで造る問屋も出てきた。それは鉄砲洲に限らず、鎌倉河岸《がし》や神楽《かぐら》河岸、市兵衛《いちべえ》河岸や行徳河岸など、江戸市中の七十以上ある河岸も似たような状況であった。

「なんだかねえ……まったく……薙左さんたち、何とかしてくれないかねえ……」

と店に入ろうとしたとき、すぐ近くに積み上げられていた四角い荷物がぐらぐらと揺れた。一瞬、地震かと思ったが、船物が動いていることが分かった。

「あ、危ない……く、崩れる……」

そう思って、さくらは思わず離れたが、荷物の揺れは治まらない。まるで誰かがわざと揺すっているように見える。すると、積み重ねられた荷物のひとつが内側から裂けるのが見えた。

「!?……」

おやっと、さくらが目を凝らした次の瞬間《ま》、黒っぽい見慣れぬ着物を身につけた男が、数人、荷物の中から次々と出てきた。目の当たりにしたさくらは、驚きのあまり声も出なかった。まるで、荷物をひっぺがすと、そこに沢山《たくさん》のフナムシを見つけたような驚きだった。

男たちはまるで忍びか猿のように身軽に荷物の間を縫うように、あっという間にその場から離れた。

――何か異変が起こったに違いない。

そう思ったさくらは、とにかく船手奉行所に向かって駆け出した。

「た、大変……な、何だか知らないけど……こ、恐《こわ》い……一体、何なの、あれは……」

振り返ると、今、ひとり黒っぽい衣装を纏《まと》った男が、じっとさくらの方を睨んでいた。その鋭い眼光に、ぞくっと身を凍らせたさくらは、その場にへなへなと座り込んだ。

しかし、その男は翻ると、他の男たちが立ち去った方に駆けて行った。

三

積み上げられた荷物の上に、玉助が登っており、大声で叫んでいた。

「おいこらあ！　ここへ船荷を積んだ奴はどこのどいつだあ！」

崩れ落ちるかもしれない船荷の上で、わあわあと叫んでいる姿は、まるで頭のおかしい人間が騒いでいるように見えた。だが、そうではない。この荷物は実は、昨晩、薙左たちが見かけた艀の群団が、ここへ運び上げたものかもしれないのだ。

そうなると、船手としては自分の足下に持ち込まれたことになるから、大きな失態である。しかも、荷物の中味は、物ではなくて、人間であった。上陸するために、船荷に〝扮し〟て、人が潜んでいたことになる。そして、目的は分からないが、その者たちは四散したのだ。

さくらは見たままのとおりを話したが、薙左はそれがどういう意味か、すぐには理解できないでいた。だが、奥村は一晩中、町奉行所の同心や中間《ちゅうげん》なども引っ張り出して探していたせいか、

――そいつらは、抜け荷一味だ。

と確信して、駆けつけてきたのだった。事実、荷物の中には、阿片のような御禁制の品もわずかだが残っていた。それゆえ、中国の阿片戦争を想起して、

「この国も狙われているに違いない。メリケンに大砲を撃ち込まれ、エゲレスには阿片を持ち込まれ、この国は食い物にされる。そんなことがあっていいのか」

奥村はそう思って、江戸市中に探索の手を広げたのだった。そして、この荷を扱った廻船問屋は必ず鉄砲洲にいるはずだから、玉助に威嚇《いかく》させているのだが、いまひとつ迫力がなかった。

「相模屋か！　泉州屋か！　それとも日向屋《ひゅうがや》か！　正直に言わなければ、この空《から》の荷物だけじゃねえ、今すぐ、火をつけるぞ！」

集まっている商家の者たちや野次馬たちは、一体何事かと、よく理由が分からないまま首を傾《かし》げていた。

「おまえら！　よく聞け！　抜け荷だけじゃねえぞ。もしかしたら、黒船から、メリケンの忍びが、この江戸に入って来たかもしれねえんだ。そんな輩《やから》の水先案内をした廻船問屋は、国賊だ！　焼き殺してやる。この荷もぜんぶ、灰にしてやるぜ！」

玉助は手にしていた火打ち石をガッガッと叩いたが、ろくに火花も出なかった。

「あれ……おかしいな……あれ？」

ぐずぐずしていると、野次馬のひとりが油桶《あぶらおけ》を持ってきて、

「何なら、これを使えよ。荷物と一緒に、おまえも火だるまだ。こりゃ見物だ」

と言った。すると、他の野次馬も来て、

「火種ならここにあるぜ。煙草入れに、いつもあるやつだ」

そう言いながら、油桶に近づけようとすると、玉助は俄《にわか》に足がガクガクと震えてきて、悲痛に叫んだ。

「や、やめろ……こ、殺す気か……俺は、悪い奴らを燻《いぶ》り出そうとしただけだ……

これじゃ、俺が燃やされる……だ、旦那！　奥村の旦那！　助けて下さいよ！」

手にしていた火打ち石をぽろりと落としてしまった。すると、何かの弾みで発火したのか、荷物の下にあった油桶にボッと火が移った。わあッと逃げようとした野次馬が図らずも蹴ってしまった油桶が、船荷の下に燃え移った。空気が乾いていたせいか、あっという間に燃え上がって、積まれた荷物の一番上にいる玉助にまで届きそうになった。

「ぎゃああ！　た、助けてえ！」

まったく間抜けな岡っ引である。離れた所から見ていた薙左が声をかけた。

「そこから海に飛び込め」

「だ、だめだ……俺ア、金槌《かなづち》なんだ……」

「大丈夫だ。船手の者が助けてやる。急げ。でないと、本当に燃えてしまうぞ」

自分で燃やすと叫びながら、予想外に起きた火事に狼狽《ろうばい》している玉助が、薙左にはなんとも滑稽《こっけい》に感じられた。だが、どこか憎めないところがある。

「本当に助けてくれるんでしょうね！」

玉助は意を決したように、海へ向かって飛び込もうと身構えた。

この鉄砲洲は、船着場は堅牢な石垣で固められており、接する掘割の幅も三十間《けん》ほどあって、大きな荷船でも出入りできるようになっている。だから、船の往来も多く、玉助の醜態は、実に大勢の人たちが見ていたことになる。

「えいやッ」

と宙を舞った玉助が、ドボンと海へ落ちた次の瞬間である。

――ドカドカ、ドカン！

激しい爆音がして、猛烈な黒煙が燃え上がった。臭《にお》いからして、荷物の中に、火薬が入っていたようである。

薙左は玉助を助けるように広瀬に命じる一方で、近くにいた野次馬を避難させた。別の荷物にも火薬が入っていて、引火爆発をするかもしれないからだ。

だが、奥村だけは、驚嘆の声を上げながら逃げ惑う商人たちを尻目に、怪しげな人物がいないか、野次馬の中を睨んでいた。発火したのはたまさかのことだが、この荷を持ち込んだ何者かは、爆薬を何かに使うつもりだったのだ。

――船手奉行所を爆破か……いや、狙いは江戸城ではないか。

短い間に脳裏に浮かんで、奥村はじっと見据《みす》えていたが、誰か気になる奴を見つけたのか、一方へ駆けだした。

もちろん、薙左も周辺を見廻していたが、この一角に連なる大店《おおだな》の蔵の一角を、吸い込まれるように見た。

そこには、さくらが見たのと同じような黒い衣装を着た男がいた。薙左は、その男を凝視したが、相手もじっと射るように見つめ返してきていた。

——ま、まさか……！

薙左の脳裏に俄に、ある男の顔が浮かんだ。思わず数歩、近づいたが、幻だったのか、その男の姿は忽然《こつぜん》と消えていた。

「今のは……石崎小太郎《いしざきこたろう》……小太郎じゃないか……でも、まさかな……」

そんなはずはないと、薙左は首を振った。

屋敷に帰って、戸田泰全にその話をしたとき、

「信じられぬ。まさか、そんなことが……」

と同じように答えた。

石崎小太郎というのは、薙左と同じ町道場に通っていた幼馴染《おさななじ》みで、十七、八の

頃まで、よくつるんで遊んでいた。お互いに正義感が強かったから、町場で悪さをしていた大人に、こっちから意見をして、相手が仕掛けてくるのを受けて、叩きのめしていた。

ちょっとした人助けをしていたのである。

薙左は父親の影響で船手同心に憧れていた。一方、小太郎の方は、父親が大坂町奉行や長崎奉行にまでなった旗本の子で、大人になれば薙左とは違う道へ進むと思われていた。だが、小太郎も船手奉行か船手頭を目指していたのだ。だから、小太郎のことを、その父親と知り合いだった戸田は、幼少期から少年期まで知っていた。

しかし、少し変わったのは、大坂町奉行をしていた父親が変死をしてからだった。長崎奉行は一度やれば、生涯安泰だというほどの金が入るとの噂もある。鎖国でありながら、御禁制の品々を堂々と仕入れて、それを大名などに売り捌《さば》く〝特権〟があったからだ。だが、死んだ父親の身辺には、出世争いとか金にまつわる疑獄とか、何も不審なことはなかった。ただ、学問好きであったから、

——国禁破り。

をしていた節があった。長崎の出島から、オランダ人を呼んで、洋学を学ぶことくらいはできた。世界の情勢を調べて、幕府に報せる務めもあったからである。

「だが、どうやら、まずかったのは、長崎に来て、異国に行ってみたいと願う若者たちを、密かに、オランダ船に乗せて送り出していたことらしい」

というのが当時の噂だった。小太郎の父親はその地位をうまく利用して、外国へ人を行かせるという国禁を犯していたのである。先見の明があったのであろうが、やはりしてはならないことだった。

妻子に迷惑をかけたくないために、切腹をしたというが、公儀隠密《おんみつ》によって秘密裏に始末をされたとも言われた。そんな冷たい世間の風の中で、気丈に母親の久乃《ひさの》とともに暮らしてはいたが、小太郎はある日、突然——失踪《しっそう》した。

物心ついた頃から、父親の影響で、異国に憧れていた。いつかは遠い国へ行ってみたいと考えていた。それゆえ、船手奉行や船手頭のような、船に乗ることを願っていたのかもしれぬ。

「その頃……小太郎がいなくなる少し前に、俺に会いに来たことがあります」

薙左は遠い思い出を、戸田に話した。

「一緒に行こうと誘われました。俺はいつものように、こっそりと夜中に家を出て、好きな女が住む屋敷の前にでも行くのかと思いました。時には、海まで行って、月を見上げていたこともあります。そして、異国からも、この月が見えるのかと、たわいもない話を夜通ししていたことも……でも、その夜は違いました。真剣な顔で、『俺は異国に行く。オランダか何処か分からない。けど、必ず余所《よそ》の国を見たいんだ』と語って、待たせてある船があるから行こうと、誘われました」

「おまえは、止めなかったのか」

戸田が聞き返すと、薙左は首を振って、

「冗談だと思いました。奴は真顔で法螺《ほら》を言うことが、よくありましたから……事実、その翌日は、家にいました」

「そうか……」

「でも、数日後、忽然と姿を消しました。俺にも母親にも、文ひとつ残さず」

「ああ。私も覚えている。それでも、久乃殿は狼狽した様子も見せず、息子は必ず帰って来ると信じてた」

「はい……ですが、それから一年程して、小太郎を下田沖まで運んだという漁師が現れた……小太郎はロシア船に乗ったということだったが、その船は難破したらしく……だから、小太郎も死んだのかもしれない……そう思ってました」

「うむ……」

「でも、帰って来たかもしれないんです」

「……………」

「御定法では、国禁破りのままなんでしょうか。見つかれば、処罰されるのでしょうか、日米和親条約が結ばれた今でも」

「むろんだ。条約は交易上のことであるからな。見つかれば、まずいな」

「そうですか……」

「しかし、本当に小太郎だったのか？」

「分かりません。できれば、会ってみたいけれど……見逃した俺の失策です」

「自分ばかりを責めるな」

慰めるように戸田が言ったとき、寝間着姿の四歳児が入ってきて、

「あ、お父上、帰って来ていたのですか」

「おう、圭之助《けいのすけ》。まだ寝ていなかったのか」

「お祖父《じい》様に、おやすみのご挨拶をしに参りました」

「おやすみ。よい夢を見るのじゃぞ」

奉行の折りには見せたことのない笑顔で、戸田は答えた。

「お父上、明日は兜《かぶと》を作って下さい」

「兜……?」

「はい。紙の兜です。私は武将になりたいのです。母上が私なら、なれると話してくれました。あ、そうだ、父上……今日、母上に叱られました」

「へえ、どうしてだ」

「子犬を虐《いじ》めていた悪い子たちがいたのに、私は助けなかったからです。見て見ぬふりをしてはいけませんと、叱られました」

「それは、いかんな。母上の言うとおりだ」

「でも、相手は大きい子たちだったので、恐かったのです」

「正々堂々と、悪いことは悪いと言えば、疚《やま》しいことをしている奴は逃げる。今度、見かけたら、退治してやりなさい。なるほど……そのために兜が欲しいのだな」

「はい――」

「では、今日は母上と川の字になって寝るとするか」

「川の字……？」

圭之助は首を傾げたが、戸田もまさに好々爺《こうこうや》の笑みで頷《うなず》いた。ずっと船手奉行所に出ずっぱりだった薙左も、ほんのひととき安らいだ気持ちになった。

四

翌日——。

南茅場町の大番屋に、奥村によって引っぱってこられた三十がらみの男は、縛られたまま土間に座らされたが、押し黙ったままだった。目だけがぎらぎらと気丈に鋭かった。

「名乗ることもできねえとは、ふてえやろうだ、ええ？」

奥村は手にしていた弓折れで、ビシッと床を叩いた。これ以上、知らぬ存ぜぬを通すと体にものを言わせるぞと脅して、

「鉄砲洲で荷物が爆発したのを、おまえは野次馬に混じって見ていた……怪しいか

ら尾《つ》けると、案の定、妙な黒い着物をまとった連中とこそこそ会ってやがった……誰何したら逃げようとしたのはなぜだ、ええ！　幸い大事には至らなかったが、おまえは知ってたんだろう？　あの荷物の中に火薬があるのを」

「…………」

「何に使うために、他の船荷に紛れ込ませてたのだ。吐け、このやろう」

「…………」

「そもそも、てめえは誰なんだ。妙ちきりんな格好をしやがって」

琉球衣装とも朝鮮の衣装とも違う。細い袴のような穿《は》き物で、上着は細い筒袖《つつそで》のようなもので、前はボタンで留められるようになっている。もちろん、ボタンなど奥村は見たこともない。ただ、南蛮渡りの衣装であることは確かだ。

傍らで見ていた玉助も、怒りの顔になっている。下手《へた》をしたら自分が吹っ飛ばされていたかもしれないからだ。

「何とか言え、このやろう。こちとら命を落としそうになったンだ」

玉助は思わず掴みかかって、

「俺が騒いでいるのを見て、気になって野次馬に混じって見てたんだろうが。火薬の荷を開けられたら困るってよ！」

と激しく揺さぶったが、やはり黙秘を続けたままである。奥村は玉助を止めると、今度は本当に弓折れで、ビシッと男の背中を叩いた。鞭《むち》と同じ痛さだ。

——うっ。

激しい苦悶《くもん》の表情で、男は身を捩《よじ》らせた。

「これでも、黙ってられるのか！」

さらに、二、三回、奥村は打ち続けたが、男は奥歯を嚙《か》みしめて、じっと耐えていた。それでも黙っているので、引き倒したとき袖がめくれて、男の腕に刺青《いれずみ》があるのが見えた。「おや？」と改めて確認すると、見慣れない紋様のものだった。しかも、色も形もくすんでいて、あまり美しくない。

「なんだ、これは……」

「………」

「やはり、忍びかなんかか？　しかも、この国ではなく、黒船から来た……艀に潜り込んで、密かに江戸に入り込んできた輩のひとりだろうが、ええ！　狙いはなんだ。てめえ、言葉が分かンねえのか？」

ビシッと背中から肩にかけて、また弓折れで叩きつけた。

「おまえが日本の者だろうが、異国の奴だろうが、黒船から来たのなら、国禁を犯したことには違いねえ。黙ってたって、酷《ひど》い刑を受けることになるから、覚悟しておけ」

奥村は上がり框《かまち》に座って、男を見下ろすと、

「大番屋に連れてきた訳が分かるか、ええ？　町内のゴタゴタじゃねえんだ。あの爆発で人が死んだかもしれねえんだからな、すぐさま、ここで吟味をして牢送りにできるんだよ。それが嫌なら、正直に話した方がいいぜ。楽にしてやるからよ」

「…………」

「まだ、懲《こ》りねえかッ」

さらに弓折れで叩こうとする奥村に、さすがに苦痛に耐えられなくなったのか、

「わ、分かった……言いますよ」

「喋《しゃべ》れるンじゃねえか」

「俺は……佐渡吉《さどきち》という者でございます」

「佐渡吉？」

「へえ」

「何処から来たんだ」

「上方《かみがた》から、江戸に出て来たばかりです。なのに、誰かに間違われて……」

「ほう、上方の何処だい。訛《なま》りもねえが」

「諸国を転々と……大坂では、材木を扱ってました。きつい仕事なので、ご覧のとおり、手は荒れ放題でして、へえ」

掌《てのひら》を見ると確かに大きな豆だらけで、ごついくらいに膨らんでいた。

「なんで、江戸に来たんだ」

「新しい仕事を探すためです。このご時世、上方でも職にあぶれてしまって」

「だったら、そうと、なぜ端《はな》から言わないんだ。調べられて、まずいことがあるからだろうが、ええ？」

どのような仕事もそうだが、職人は何処かの組合に属していて、幕府から与えられた鑑札のある者に雇われている。つまりは親方だ。その名を聞けば、大概、身元ははっきりする。すると、佐渡吉はとりあえずは、すんなりと親方の名を言った。だが、それが実在するかどうか、大坂町奉行所まで問い合わせなければ分からないから、嘘か真《まこと》かはすぐに判明しない。

「はっきりするまで、奉行所かこの大番屋の牢に入ってて貰おうか……もしかして、その腕の妙な刺青は、島送りか何かだったのを誤魔化《ごまか》すための彫り物かもしれぬしな」

「…………」

「そうじゃねえのかい。八丈送りにでもなって、島抜けしようとして、メリケンかオロシアの船に拾われた。それで、戻ってきた。違うかい。このご時世、そういう輩が時々、いるんだよ」

「違います……罪人なんかじゃない」

罪人なんかじゃない——という言葉に、佐渡吉は力を込めていった。

「さあ、どうだかな」

遠島は死罪に次ぐ重い刑の終身刑だ。一生、流された島で暮らさなければならない。しかも、自活しなければならない。島に馴染まなければ、死ぬしかない。島役人は助けてくれない。逃げないかどうか監視をしているだけである。喧嘩や博打《ばくち》はもとより、島抜けを試みただけで死罪である。

「本当は何をやらかしたのだ？　島送りになるのは、大きな盗みの一味か、殺しの手助けなどがほとんどだ」

「何もしてません」

奥村は何とか喋らせて、前科があるならば、すぐに本当の身元が分かって、処分もできると考えたのだ。が、佐渡吉と名乗った男は、罪人であることは断固、否定していた。

「今のうちに正直に言っておけば、お上にもお慈悲はあるぜ。後で襤褸《ぼろ》が出れば、俺だって助けちゃやれねえぞ」

今度は同情の素振りで、佐渡吉から本音を聞こうとしたが、何も悪いことはしていないの一点張りだった。

「せっかく拾った命じゃねえか。本当に正直に話してみねえか、あの火薬のことをよ」

さりげなく奥村がその話に戻ると、ほんのわずかだが眉が動いた。

――やはり、知っている顔だ。

と思った奥村は、いきなり大きな態度になって、

「な、顔は正直なんだよ。さあさあ！　とっとと正直に話しやがれ！　でねえと、石を抱かせるぞ、このやろう！」

怒鳴り上げたとき、表戸が開いて、薙左が入ってきた。

「相変わらず厳しくやってますな。なに、あなたのやり口は、鮫島さんから色々と聞きましたんでね」

「誰かは知らぬが、騒ぎを起こした訳でもないのに、鞭打ちとは酷《むご》いですな」

薙左は佐渡吉の背中を見て、非難めいた口調で言った。

「手下を〝さん〟付けかい」

「鞭じゃねえよ」

奥村は弓折れを見せたが、

「同じようなものです。それで叩けば、鞭打ちの刑ではないと言い訳ができるからでしょうが、何の咎人《とがにん》でもないのに町方は厳しいですな。この男は、船手で預かります」

「勘違いしなさんなよ、早乙女様。こいつは俺が……」

「分かってます。しかし、爆破したのは鉄砲洲の河岸の荷物ですしね、例の艀で上陸した節もあるとなれば、こちらでも取り調べをしなければならない」

「なんだと……このご時世に、支配違いを言い出すのか」

「とりあえずの調べです。これは、船手奉行からの命令です。むろん、北町奉行の井戸《いど》対馬守《つしまのかみ》とうちの串部奉行とは話がついております。如何《いかが》します。今から、井戸様にお伺いを立てにいきますか」

「それは……」

「一歩間違えば、大災難だった……それも元はと言えば、玉助親分……」

親分とわざとらしく呼んでから、

「あなたの無謀なことが発端ですからね」

「…………」

「でも、まあ、そのことで、この男も見つかったのだから、お手柄はもちろん奥村さんのものですが、一応、調べたいだけです」

少し訝《いぶか》った奥村だが、しかたがないと判断したのであろう。好きにしろと、弓折れをポンと投げ出した。

「では、たしかに奥村さん……この男、船手奉行所預かりとします」

薙左はしかと頷いたが、佐渡吉の方は船手奉行所の名を聞いて、驚いたような顔になっていた。

五

「あんた……ほ、本当に、船手奉行所の与力様かね……早乙女様と、あの恐い町方同心は呼んでたが……」

大番屋から出てしばらく行くと、佐渡吉の方から声をかけてきた。その知っているような口ぶりに、

「……そうだが？」

と答えた薙左に、佐渡吉は納得したように頷いて、

「そうかい……へえ、おまえ様がねえ……」

歩きながら、薙左は訊いた。

「俺のことを知っている素振りだが」

「いえ、そういうわけでは……」

「ならこっちが改めて尋ねたいが、小太郎という男を知らぬか。石崎小太郎といって、旗本の息子だったのだがな」

「えっ……！」

狼狽したような顔になった佐渡吉を、薙左は路地に連れ込んで縄を解き、その先の別の通りの茶店に入った。後ろを振り返ると、チラチラと玉助の姿が見える。

「あいつは、尾けるのも下手なんだな」

苦笑して、茶店の二階の一室を借りて、薙左は佐渡吉に、この店の名物の鯛《たい》茶漬けを食べさせてやった。

「教えてくれないか」

と薙左は切羽詰まった顔になった。

「おまえさん、小太郎のことを知っているのだな」

「………」

「もしかして、奴もこの江戸に舞い戻ってきたんじゃないのか」

佐渡吉は一瞬、心を許しそうになったが、まだ警戒心を解いてはいないようで、茶漬けを啜《すす》っているだけだった。薙左はすっと身を引いて床に手をついて、

「頼む。小太郎が来ているのなら、教えてくれ。俺と奴はガキの頃から……」

と言いかけると、佐渡吉の方が厳しい顔ながら頷いて、

「小太郎さんも話してやしたよ。早乙女薙左は俺の大親友だ。素晴らしい奴だった。今頃は何をしてるのかなって、しょっちゅう話してやしたよ。武勇伝や色々な悪戯《いたずら》をした話もね」

「し、知っているのか!?」

「へえ」

「じゃ、昨日見たのは、やはり小太郎だったんだ。そうなのだな」

佐渡吉は茶漬けを食べ終わって箸《はし》を置くと、

「その通りです」

と頷いた。

「何処にいるのだ。一目でいい、会ってみたい。会って話したいことも沢山あるんだ」

「たぶん、小太郎さんも同じ気持ちだと思いますよ。でも、今、居場所を話せば、あの人も大変な目に遭《あ》うンざんしょ」

「俺が何とかする」

「本当に？」

「ああ。信じてくれ」

　薙左は縋《すが》るように、佐渡吉の目を見た。すると、ふと遠くを仰ぎ見るように、佐渡吉は静かに話した。

「俺たち、漂流民はね……ええ、遠い海まで漁に出ていた者や廻船の水主たちの中には、嵐に巻き込まれて、運よくメリケンやオランダ、中国などの船に助けられた者も多いんです」

「ああ……」

「幸い俺は、メリケンの船に助けられて、その国まで連れて行かれた。初めはどうなるのかと恐かったが、同じ船乗りですしね、次第に心が通じて、みんないい奴ばかりだと分かったんだ」

「…………」

「メリケンに連れて行かれたら、丁度、金山が見つかったか何かで、大勢の人々が東の町の方から集まってきて……俺たちも、金山とか山の材木の伐採とかで、食いつなぐことができた。向こうは山もでかければ、木材もお化けみたいに大きいんです。畑も地平線が見えるくらい広い。ああ……もちろん、漁師の仕事もしましたよ。なんでもやりましたよ」

佐渡吉は苦労よりも、懐かしさをこめて続けた。

「小太郎さんは、そんな流民の中の頭目のような人だった。ちょっとした手配師みたいになっていて、日本人だけが集まる町を作って、そこで名主になってたんです」

「へえ、小太郎が……あいつらしいや」

薙左は、ちょっと羨《うらや》ましそうに微笑んだ。佐渡吉も微笑み返して、

「とにかく、向こうの言葉も達者だし、メリケンの雇い主たちに対しても、俺たちに有利になるように色々と計らってくれてた。だから、小太郎さんは尊敬されてました。日本の流民だけではなく、メリケンの人たちにもね」

「そうだったのか。そんなふうになってたのか……」

何度も何度も、薙左は嬉しそうに頷いた。

「でもよ……」

わずかに表情が曇った佐渡吉は、これも運命《さだめ》だとばかりに首を振って、

「メリケンの海軍のお偉いさんに見初《みそ》められて、此度《こたび》は日本行きの船の通詞にされちまったんです。メリケン語の使い方が巧みだからな。でも、本当は……」

「本当は？」

「通詞ってのは表向きで、黒船の船長であるペリーの命令で、この江戸を探れ、という密命を帯びたンですよ」

「密命……」

「小太郎さんは、初めは嫌がってました……実はもう向こうにメリケン人の女房がいて、子供も女の子がふたりいるんです。この国には帰りたくなかったんだ。けれど、この役目をまっとうすれば、軍の階級が貰えて、これからの暮らしが随分と楽になるって」

「…………」

「それは、俺たちだって大歓迎です。日本人町だって、景気がよくなるかもしれないんですから」

「だから、みんなのために小太郎は、渋々、そのような密命を受けたんだな」

「何をするか、詳しいことは俺は知りません。俺はただ……生まれ故郷の伊勢志摩《いせしま》に帰りたかっただけです。メリケンの暮らしは楽しかったが、小太郎さんたちと違って、俺にはあまり性に合わなかった。だから……」

「よく分かった……話してくれて、ありがとう……」

薙左はしっかりと佐渡吉の手を握りしめて、

「あんたが罪人でも何でもないなら、国元に帰ればいい。いや、船手できちんと送り届けてやる。年号が変わったから、恩赦の処置もできるだろう。その代わり……」

「小太郎さんの居場所ですかい？」

「ああ。分かるんだな」

「――へえ」

それからすぐに、薙左は茶店の裏口から掘割沿いの道に出て、事前に待たせてあった船手の小舟に佐渡吉を乗せた。

尾行している玉助は表の縁台に座って、暢気《のんき》そうに茶を飲んでいた。

掘割を何度も曲がって、隅田川を渡ると、小名木川《おなぎがわ》を西に進んだ。この川に架かる扇橋あたりには、かつて薙左が住んでいた拝領屋敷があって、小太郎と通った道場や手習所も近かった。

小太郎の母親もしばらくは、この界隈に住んでいたが、今は何処で暮らしているか、薙左もはっきりとは知らない。

「もしかして……小太郎は、ひとり残した母親を訪ねるつもりだったのか？」

薙左が訊くと、佐渡吉は首を横に振って、

「どうだろう。小太郎さんから、母親の話はあまり聞いたことがねえ。厳しい母親だったとか、そんなふうなことはチラリと聞いたことはありますがね……まさか母親から逃げたくて、メリケンに渡ったわけじゃないだろうが」

「たしかに、ちょっとな……俺には凜《りん》とした綺麗《きれい》な母上に見えたがな」

扇橋をくぐってしばらく行くと、材木問屋などの蔵や武家屋敷なども並んでいた。

その一角に、小さな蕎麦屋《そばや》があって、縄暖簾《のれん》が垂れている。

縄暖簾は蕎麦屋だけができるものだが、薙左はちょっと妙だなと感じた。どこがおかしいというわけではないのだが、しょっちゅう通っている水の道だけに、その蕎麦屋の暖簾に違和感を抱《いだ》いたのだ。

——結び目が妙だ……。

と思った。

もしかしたら、仲間との〝繫《つな》ぎ〟に使っているのかもしれない。船手では、舫綱《もやいづな》や荷綱など色々なものを使うが、その結び方で、〝会話〟をすることもある。いわば隠し文字や合図のようなものだ。

船着場に横着けにするなり、薙左は跳ねるように陸に上がって、一目散にその蕎麦屋に向かった。もちろん、佐渡吉が教えてくれた場所である。

案の定、店の中は灯《あか》りも入れておらず、湯釜《ゆがま》も沸いていない。蕎麦粉の匂いもしない。これは蕎麦屋を装っているだけだと思った。そして、奥へ続く階段と、裏手に繫がる薄暗い土間があって、人の気配はなかった。

だが、薙左は声をかけた。

「俺だ、早乙女薙左だ……小太郎……いるんだろう？　返事をしてくれ、小太郎」

シンとしていて返事はなかった。

だが、店の奥に向かうと、二階で軋《きし》む音がした。誰かがいるのだ。

薙左は考えるよりも先に、階段を駆け上った。そして、障子戸を開けると、そこも雨戸を閉めたまま薄暗かった。だが、人の気配ははっきりとした。

そっと一歩、入った薙左は、

「小太郎だな……俺だ、薙左だ……佐渡吉から、向こうでの様子は聞いた……俺はずっと会いたかったんだぜ……小太郎……なあ、小太郎だろう」

と、ささやくように声をかけると、薄暗い隣室に行灯《あんどん》がともった。

その灯りに浮かんだのは——たしかに、小太郎だ。十七、八の頃よりは、少し肥えて、体も大きくなっているが、丸顔の鼻のつんと出っ張った顔は、まさしく小太郎だった。

「——小太郎……」

一歩、進もうとすると、小太郎が声をあげた。

「来るな、薙左」

「…………」

「おまえとは、本当は会いたくなかった……」

寂しそうな声で、小太郎はそう言った。

薙左は意味が分からず、しばらく呆然と立ち尽くしていた。

六

「俺は、おまえのことを忘れたことはないぞ、小太郎」

薙左は刀を鞘ごと帯から外し、傍らに置いた。敵意はないとの行為だが、小太郎は苦笑して、

「まるで咎人を宥《なだ》めて、捕らえるような身構え方だな。おまえらしい」

「…………」

「ガキの頃もそうだった。おまえの持って生まれた明るさと飄々《ひょうひょう》とした態度で、相手は油断したな。そこを俺がねじ伏せた」

「そうだな。実に楽しかった」

小太郎は寂しそうな顔になって、

「――理由はどうであれ、俺は今、お上とやらに追われる身だ。そして、あのちょっと泣き虫だったおまえは、咎人を捕らえる立場……しかしな、おいそれと捕まる訳にはいかないし、仲間を売る訳にもいかないんだ」

「ペリーの密偵とは、恐れ入った」

　と薙左も物悲しそうな笑みを浮かべて、

「だが、生きてくれて嬉しい……しかも、メリケンでは、おまえは大層、信頼される人になってるんだってな。ああ、おまえなら、何処にいたって、自分を信じる道を生きていけただろうな。羨ましい限りだ」

「運が良かっただけだ」

「…………」

「だがな、薙左、おまえには一緒に来て貰いたかった。そしたら、もっと楽しかったような気がする」

「俺にはそんな器量はないよ」

「でも、見せてやりたい。船手与力にまでなっているおまえなら……海の男なら尚《なお》更《さら》だ。世界は広いぞ、薙左……」

　少し疑念を抱いた薙左は、首を傾げて、

「俺の今の職を知ってたのか」

「あのとき、鉄砲洲で俺と目が合ったじゃないか。すぐに、おまえだと分かったよ。

その姿から船手奉行所にいることも分かった。親父さんを継いだんだなとも思った」

薙左の父親は海難事故で遭難をしたのではなくて、救われない川や海の民のために〝義賊〟のように戦ったがために、密かに水辺の民によって神格化されていた。が、そのことは、小太郎には語らなかった。

「前の船手奉行、戸田様の娘さんと一緒になったそうだな。これも、すぐに調べた……佐渡吉に聞いたかもしれんが、俺は江戸の様子を探るために……」

「言わなくていい、小太郎。おまえは、メリケンに妻子がいるそうだが、妻や子供を人質に取られたようなものだからな。ゆえに、海軍の言いなりになったんだろう？」

「……そんなところだ」

「俺にも、ガキがひとりいるから、気持ちはよく分かる」

「——薙左……」

「それに世の中が変わった。和親条約まで結んだんだ。そのうち、大勢の人々がメリケンやオロシア、エゲレスなどとも行き来ができるようになるだろう。おまえは、その魁《さきがけ》だ」

「そう思ってくれるか」

「ああ。どうだ、十何年ぶりに見たこの国は……相変わらずか」

「うむ、相変わらずだ」

小太郎は当然のように頷いて、正直に語った。

「風景も変わらず、人々の暮らしも変わらず、食べ物や着る物も変わらない……ま、それはいい……だが、政事《まつりごと》も大して変わってない感じがする。さすがに、老中首座は水野様から阿部様に代わっているようだが、やっていることはあまり変わらぬな」

「まあな……」

「このままでは早晩、この国は滅ぼされる。おまえのお義父上《ちち》や幕府のお偉方に進言をして、過《あやま》たない政事をして、メリケンと正しい交渉をしないと、まさに亡国となる」

「国が……」

「ああ。こんな小さな国、メリケンが本気になれば、ひとたまりもなかろう。だが、その一方で、日本の人々は礼節があって、賢明だという評判もある。無駄な攘夷運動などはせずに、異国とよりよくつきあうことが、この国の生きる道だと思う」

「分かった。俺なりにできるだけのことをするよ」

「本気でやらなきゃダメだ。世界はな、薙左……おまえが思っているよりでっかいぞ」

目を輝かせて言う小太郎に、頷きながら、

「近いうちに、おまえと自由に、ゆっくりと会える日が来るのを楽しみにしてるよ」

しんみりと言う薙左だが、不安はあった。奥村たち町方が、必死になって探し廻っているであろうことがだ。

「ぐずぐずしていては、よからぬことが起きるやもしれぬ。俺たち船手が守るから、密偵の務めは切り上げて、船に戻れ」

「…………」

「ただし、その前に、お母上に一目だけでも会って行かぬか」

「——おふくろに……」

「お母上は、おまえが乗った船が難破したと知っても、気丈に耐えていた。もしかしたら、国禁を犯して異国に行ったのではとの噂が立ったときも、甘んじて批判を受けていた……さすがは武家の女だ……立派だった」

「………」

「そして、おまえは必ず生きていると信じて、墓に名も刻まず、位牌《いはい》すら置いていない」

「おふくろが……」

「俺も忙しさにかまけて、近年は年に一、二度しか挨拶に出向かなかった……何処かへ引っ越したみたいだが、調べればすぐに分かると思う。だから……」

　薙左は水を向けたが、小太郎は首を縦に振らなかった。

「いや……よしておこう……会えば、お互いに情けが移る……おふくろも今更、会いたくはないだろう」

「そんなことはない。その元気な姿を見せてやれ。きっと喜ぶ」

「喜ばれても、俺は帰らなければならない。また大海原を渡って、帰らなければならないんだ。また別れが悲しくなるだけだ」

「それでもだ。今生《こんじょう》の別れなら、尚更ではないか。お母上もご高齢だ。生きているうちに、顔を見せて、孝行をしろ。それしか、おまえにはできまい。お母上は、じっとじっと、それこそ、一日千秋の思いで待っているのだ。心の奥ではな」

「そうかな……」

「ああ、そうだ……」

薙左は小太郎に近づいて、しっかりと手を握りしめた。

「お母上に会って、黒船に戻るまでは、おまえは俺の大切な客だ。誰にも指一本、触れさせせやしねえ」

「だったら、ついでに頼みがある」

「何でも言え」

「俺と同じように密偵として江戸に潜り込んだ奴がいる。そいつらは、このまま日本に残りたい者がほとんどだ。みんなメリケンでは、一緒に苦労をした奴らだ。だから……」

「分かった。咎人になるようなことにはしない。俺に任せな」

微笑む薙左を、小太郎は頼もしそうに見つめた。

その日のうちに――。

薙左と小太郎はふたりとも着流しに着替えてから、浅草寺《せんそうじ》の門前にある小間物屋に来ていた。賑《にぎ》やかな界隈から一筋入った所だが、客足は多かった。

わずか間口一間の店で、背を丸めた小柄な婆《ばあ》さんがひとりで、仏具、線香、蠟燭《ろうそく》、数珠《じゅず》、扇子《せんす》などを扱っていた。いかにも寺の前らしい風情で、小さいが品格のある店だった。

「ごめんよ。おたき婆さんいるかい」

店の奥で、ぼんやりと外を見ていた老婆が、よいしょと立ちあがって、出てきた。

「おや、薙左の旦那……今日は非番かい」

「うん。まあ、そうだ」

「なんだか、黒船が現れて大変だっつうのに、こんな所に来てていいのかい」

「たまには、ご先祖様の墓参りくらいしないとな……」

「だねえ」

と言いながら、小太郎にもこくりと挨拶をした。髷《まげ》ではないので、隠居のような被り物をつけているのだが、それだけでも怪しげだった。薙左は誤魔化すように、

「ちょっと訊きたいこともあってね」

「はい。知ってることなら」

「よく、ここに立ち寄っていた、久乃さん……旗本の石崎様の奥方で……」

「ええ、ええ。今でも時々、来てくれますよ」

「来る!?」

「そういえば、薙左さんの早乙女家とは、お墓も近かったですかねえ」

「うむ。深川の家から、何処かへ移ったようなのだが、おたきさん、知らないかな」

「引っ越したのかい……」

「それが、はっきりとは分からないんだ。もし、先祖の墓参りに来てるとしたら……そう思ってな」

「じゃ、今度、来たら、薙左さんに会いに行くように伝えておくよ」

「それじゃ遅いんだ」

「え？」

「あ、いや……何でもいいんだ、思い当たる節でもいいんだ。分からないかなあ」

「そうだねえ……」

おたきはまた奥に戻って、上がり框に腰掛けてから、

「ああ、そういや、こんなものを貰った」

と饅頭《まんじゅう》の箱を出して見せた。

「もう、ぜんぶ食っちまったがね、品川宿名物のお台場まんじゅうだってさ。四角くってね。なんだって売り物にするんだから、宿場の連中は商魂たくましいやね。そのうち、黒船まんじゅうなんてのもできるんじゃないかねえ」

「品川宿に住んでいるのかい？」

「そんなことを言ってたような気がする。なんでも、旅籠《はたご》で働いているらしいよ」

「旅籠で……!?」

身を乗り出したのは、小太郎の方だった。

「なんだい」

薙左が庇《かば》うように前に立って、

「いや、いいんだ。どうして、旅籠で？」

「そりゃ仕方がねえわな。旦那さんには死なれ、息子さんも行方知れず……養子も

取らなかったから跡取りがいないでしょうが。御家が途絶えたと見なされて、拝領屋敷は取り上げられ、お旗本の領地も米切手もねえ……」

「だから、働きに出たと？」

「そういうことだねえ……武家の女は礼儀は正しいし、色々と手仕事ができるから、重宝されていると思うよ。ええ、久乃さんなら、大丈夫だよ。でも、何処の旅籠かは……」

と、おたき婆さんは首を振った。

「十分だ。ありがとう。探してみるよ」

薙左は婆さんに、お礼だと言って線香をどっさりと買って店を出た。さっさと歩き出す薙左だったが、小太郎はふと立ち止まって、小間物屋を振り返った。

「生きてりゃ、あの婆さんくらいになってるんだろうな」

「おたき婆さんはもう七十だ。おまえのおふくろは、まだ五十半ばではないか。一緒にしたら可哀想だぜ」

「でも、旅籠で仕事なんて……」

「とにかく、早く探さないと日が暮れる。おまえだって、黒船の出港に間に合うように帰らなきゃなるまい。さ、行くぞ」

と勢いよく薙左が走りはじめると、小太郎も「待てよ」と追った。昔のふたりの姿そのものだった。

七

その日の夕暮れには——薙左と小太郎は品川宿まで来ていた。江戸四宿のひとつで、高輪の大木戸を過ぎればすぐ、東海道の最初の宿場町である。

大木戸では、往来手形を求められたが、船手奉行所筆頭与力の薙左の顔はよく知られており、品川宿までという条件で、小太郎は中間として難なく通れた。

「なんだか、うらやましくなったぞ」

薙左が声をかけると、小太郎が振り向いて、

「む？　何がだ」

「探す相手がいてよ……俺にはもう、親父もおふくろもいねえ。会いたくたって、会えやしないからな」

「……だが、家には待っている女房と子供がいるんじゃねえのかい」

「まあな」

「順繰りだな……薙左にガキがいるなんざ、考えもつかねえ」

「おまえだって」

「だから、寂しかないだろう」

「寂しくなんかない。ただ……」

「ただ？」

「もっと生きてたら、どんな年寄りになってたか……見てみたいと思うことがある」

「嫌な婆アになってたら、どうする。俺のおふくろなんざ、厳しかったから……あぁ、憂鬱になってきた」

「ばかやろう。罰当《ばち》たりなことを言うな」

「おまえが言わせたんだろうが、このやろう」

小太郎が脇をくすぐると、薙左は激しく大笑いしながら身を捩った。

「てめえ、人の弱みを！」

「いい大人になって、胁腹で笑うってか」

三十路《みそじ》男ふたりだが、ふざけている姿はまるで子供のまんまだった。

問屋場や宿場役人の話から、久乃らしき女がいる旅籠は、すぐに見当がついた。

南品川から鮫洲寄りに『矢津屋』というその旅籠はあった。どう見ても、木賃宿に毛が生えたもので、飯盛女《めしもりおんな》を置いているような所だった。

江戸から近いから、深川の岡場所のように、江戸から足を延ばして遊びにくる連中もいた。女郎はひとつの旅籠にひとりと決まっていたが、そのようなものを守っている旅籠などない。宿場役人も金を貰って、大目に見ているのが現状だった。

「ええ、たしかに、久乃さんなら……一年程前までいましたが、今は何処で何をしているか、手前どもでは分かりません」

旅籠の女将に答えられて、薙左と小太郎は肩を落とした。

「あの婆さん……饅頭持って来たのは、そんな前ってことか……ちょいとボケてたか」

小太郎が言うと、薙左も残念そうに、

「いや。まだ諦《あきら》めちゃいけない……宿場にもいないでしょうかね」

と女将に訊き返した。

「おそらく……」

「でも、なんでいなくなったのです。この店で働いていたのは、本当なんですよね」

「まあ……うちは、こういう店ですからね、酔っぱらいが宿の女に、よくちょっかいを出すんですがね……あの方、元は武家の奥方様でしたでしょ。だから、なんというか……」

「雇いにくかった?」

薙左が言うと、女将はそうではないと首を振って、

「酔っぱらって女をからかっていた侍《さむらい》に、『この恥知らず。そんなだらしのない心がけなら、刀を捨てなさい』と意見した挙げ句、張り飛ばして、投げ飛ばして怪我をさせたのです」

「ああ、やりそうだ……」

思わず小太郎がぽろりと洩《も》らした。

女将は穏やかな表情だが、どこか欲どしい目つきをしていた。

「では、やはり……」

「ええ、分かりませんねえ」

そう言った女将は、いきなり店の表に、つっかけを履いて出て行き、

「こら！　ちゃんと掃けって言ってるだろう！　言われたとおりにやれ！」

箒《ほうき》と水桶を手にしているのは六歳くらいの女の子だった。それでも、容赦なく女将は物凄い怒声で叱り飛ばした。

泣きそうになった女の子の手は、冷たい水ばかりを扱ったのだろうか、あかぎれが酷かった。女の子はすぐに、裏へ続く路地に消えたが、着物の裾《すそ》からはみ出ている足は、痛々しく腫《は》れ上がっていた。それを目に止めた薙左は、

「女将……子供を虐めるのは、宿場定法にも反するはずだが」

と鋭く、女将を睨みつけた。

「そんなこと、してませんよ。今のは、躾《しつけ》です」

「足を怪我をしてたようだが」

「何処かで、転んだんでしょうよ」

「なんだと、おいッ。あれは、どう見ても、あんたがいたぶってンだろうが」

いきなり胸ぐらを掴もうとした小太郎を、薙左はすぐさま止めた。

「な、なにをすんのさッ」

女将が大声を張り上げると、用心棒風のならず者が二、三人、出てきた。それを見た小太郎はフンと笑って、

「こういうゲスな奴らが、この国にはまだ油虫のように隠れてやがるんだな」

と、まるで挑発するように言うと、

「なんだと、このやろう！」

ならず者たちが突っかかってきたが、薙左が足がけをしてぶっ倒して、

「地金が出たな。女将、おまえの素性もいずれ分かるだろうよ。どうせ、地廻りのやくざ者の女だろう。今の女の子は、人さらいから買ったのかい、え！」

「なんだってッ」

女将が声を荒らげると、さらに旅籠の中から、数人のならず者がどっと出てきた。いずれも一筋縄ではいかぬ面構《つら》えで、匕首《あいくち》を抜き払っている。

薙左はまったく動揺することなく、小太郎を後ろに押しやって、おもむろに腰の小太刀《こだち》に手をかけると、

「上等じゃねえか。怪我じゃ済まねえぜ、てめえら！」

兄貴格が叫んだ途端、

——バン！

と轟音《ごうおん》がして、その近くにあった酒徳利が粉砕して吹っ飛んだ。

小太郎が短銃を向けていたのである。銃口からは、煙がすうっとたなびいている。

「わ、わあ……！」

凝然となったならず者たちは、その場に立ち尽くして、誰ひとり動かなかった。

すぐさま、薙左は前に踏み出し、

「船手奉行筆頭与力の早乙女薙左だ」

「ふ、船手……」

町奉行と違って、支配に関わりなく踏み込んでくる権限があるから、女将やならず者たちは、二の足を踏んだ。

だが、我慢ならないとばかりに、一斉に薙左の方に躍りかかった。だが、薙左は素早く抜刀して、ポンポンと小気味よく小手を打ちつけた。刃は研いでいないから、斬れることはないが、激しい痺《しび》れで、手はしばらく動かない。匕首を落としたならず者たちは、思わず逃げ出したが、女将だけはその場にへたり込んだ。

「――すぐにうちの連中が来るから、大人しくしているんだね」

と薙左は小太刀の切っ先を、女将の目の前に突き出した。

「さっきの女の子は、こっちで預からせて貰うよ……親御さんのところに返してやりたいからねえ」

薙左は捕縄で、女将を縛りつけると、

「本当は、あんたが、久乃さんを追い出したンじゃないのか。あまりにも、きちんとして意見ばかりされるから、厄介払いしたくて」

そう問い詰めた。すると、女将は素直に頷いて、

「お、おみそれいたしやした……」

と悲痛な顔で謝った。

だが、小太郎はその場に、がっくりと座り込んでしまった。

「どうした、もう探すのを諦めたのか」

「そうではない。つくづく、おふくろを酷い目に遭わせたと思ってよ……俺は向こうで遣《や》り手だと言われ、町で一番の人格者だなんて言われてたけど……しょうもね

え、バカ息子だ……今更ながら、情けない」

「女将。本当は知ってるんだろう？　久乃さんに会われたら、自分たちの悪事がバレるかもしれない。だから、黙ってた」

「へ、へえ……」

「まさか、何処かで、こきつかってるんじゃないだろうな」

問い詰める薙左に、女将は首を振って、

「言います……ちゃんと言いますから、この縄、少し緩めてくれませんか、旦那ア」

半信半疑で見やる小太郎に、

「俺は乱暴は嫌いだが、たまには手荒い真似《まね》をしないとな」

と薙左は微笑みかけた。

「おい。危ないから、その鉄砲はしまっておけ」

八

品川の宿場外れの河岸にも、江戸市中と同じように高く積み上げられた船荷があって、商人や人足らが大八車を曳《ひ》いて、忙しそうに働いていた。

そんな一角に、問屋場があって、沖の廻船から艀で運ばれてきて、河岸に引き上げられる荷物の貫目改めから、荷主や受け主の点検などをしていた。その帳場に、背筋をピンと伸ばして算盤《そろばん》を弾《はじ》いているのは、なんと久乃であった。印半纏《しるしばんてん》を着ている。とても、武家女とは見えない。すっかり板についている様子である。

問屋場の表から、小太郎は一見して、

——おふくろだ。

と分かった。結っている髪は白髪混じりになっており、皺《しわ》も増えているが、昔とあまり変わらない凛とした風貌に、小太郎はほっとしたような溜息をついた。

「はいはい。大丈夫ですよ。私がやっておきますから、番頭さんは今入ったばかりの荷を改めて下さいな」

ちゃきちゃきと言っている声の張りも、衰えているとは思えない。一生懸命、働いている様子が手に取るように分かる。

それを眺めていた小太郎の隣で、薙左がそっと囁《ささや》いた。

「元気そうで、よかったじゃないか」

「…………」

「俺も、よく品川宿には来るんだが、ちっとも知らなかった」

「ああ……元気すぎて、肩透かしを食らった……もっと寂しそうで、弱っているかと思ったのにな……」

「気を張ってるだけだと思うぞ」

「…………」

「この問屋場なら、大丈夫だ。お上の仕事だからな、食いっぱぐれもないし、妙な輩が関わることもない……たしか、ここの主人は、名主も兼ねてて、諸国の大名や旗本の荷も扱っている」

　薙左はそう言って、小太郎の背中を押した。少しためらったが、もう一度、薙左の掌に促されて、久乃の方へ向かった。

　帳場は土間の奥にあるが、丁度、陽光が射し込んで、ぽっかりと浮かんだように久乃の姿が見えた。

「あいよッ。こっちは承知しましたよ。そっちはお願いしますよ」

　帳簿と荷札などを合わせては、算盤を弾き、こまめに書き込んでいた。

人影で日射しが遮られた。

算盤の手を止めた久乃は、入り口の方を見やったが、逆光になって小太郎の顔はよく見ることができなかった。さらに数歩、入って来る小太郎の様子が、商人の態度ではないので、奇妙に思ったのか、久乃は手をかざして目を細めた。

「――お達者そうで、何よりです……長い歳月、ご迷惑をおかけしました」

小太郎は小さく声をかけた。

その顔を見た久乃は、思わず目を見開いて、

「こ……小太郎、かえ……」

と口の中で呟《つぶや》いた。だが、その声は誰にも聞こえなかった。

「親不孝の私ですが、許して下さい……私は異国にて、なんとか……母上には……」

聞いていた久乃は、店の表から中の様子をチラチラと窺《うかが》っている宿場役人や岡っ引が何人かいるのに気づいた。振り返ると、裏手に繋がる路地に面した格子窓からも、中を窺っている十手持ち風の姿が見えた。

「何処のどなたか存じませんが、私はあなたのことを覚えておりません」

と朗々たる声で、久乃は言った。

「え……」

「お会いしたことがありましょうか」

「…………」

「残念ながら、私はずっと独り身で、亭主も子供もおりませんもので……そういう話は伺いかねます。それに、ここは問屋場ですから、他の方にお訊きすれば如何でしょう」

意味不明のことではあるが、はっきりと毅然とした態度で、店の表まで聞こえるような声で言った。まるで、誰かに聞かせているようであった。

何気なく振り返った小太郎の目にも、明らかに役人らしき者たちが、店の周りを取り囲んでいるのが分かる。

「――母上……」

本当は息子を抱きしめたいのであろうが、小太郎の身元が分かれば捕縛される。だから、あえて空々しい対応をしている。その気持ちを察した小太郎が何か言おうとすると、久乃は小さく首を振って、小声で、

「なりませぬ、何も言っては……あなたがどういう身の上かは、察しているつもりです……ですから何も……」

「母上……」

「………」

「――では、せめて、これを……」

一歩近づいて、小太郎は懐《ふところ》から何かを取り出すと、久乃に握らせた。

その瞬間、指が触れた。冷たい母親の指先を、小太郎は包み込むように、しっかりと握りしめたが、久乃は思わず、

「大きくなられましたね……お父上に似てきました」

と息のような微《かす》かな声で言った。

表では――。

なぜか北町の奥村が問屋場をめがけて、ズンズンと向かって来ていた。

その前に、薙左が立ちはだかって、

「これは、奥村殿。町方が宿場に何用ですかな」

「老中下達の町奉行の命令だ。どけいッ」

大きな体で押しのけようとしたが、薙左は邪魔をして行く手を阻んだ。

「貴様……あの佐渡吉をわざと逃がしたな。その上に、その仲間の石崎小太郎という輩まで……こっちも素性を調べておるぞ」

「誰のことですかな」

「惚《とぼ》けても無駄だッ。おまえとの関わりも、何かあるのではないか」

「中にいるあの御仁《ごじん》は、浦賀奉行の許しを得て、黒船から降りてきた通詞です。しかも、メリケン人ですよ」

「なに……どう見ても日本人ではないか」

「向こうの戸籍……この国でいう人別帳を取っておりますからな。手をかけたら、それこそ、あんたが偉い目に遭いますぞ。私は警護を頼まれているのです」

「奴らは、火薬まで持ち込んで、この江戸を火の海にしようとしたのだぞ」

「しておりませぬ」

「まだ潜伏している仲間が、うじゃうじゃいるのだ」

「あの火薬は船手で始末をしました。同心たちが、探し出して捕らえたのもおります。黒船から来た者はおるようですが、大将がいなくなった今、江戸をどうこうするつもりは、もうないでしょう」

「いい加減なことをッ。どけい！」

押しやって行こうとする奥村の刀の柄に、薙左は自分の刀の柄をぶつけて、

「どうでも……と言うなら、私が相手になりますがッ」

「！……」

「一歩たりとも踏み込ませぬ」

薙左と奥村が、ぐっと睨み合ったところへ、小太郎が出てきた。決然とした顔で、一点の曇りもなく、しみったれた様子もない。そんな小太郎に鮫島と広瀬たち船手同心が駆け寄り、

「通詞のお帰りでござる！　スミス小太郎様のお帰りにござる！」

と大声を張り上げ、警護を固めながら、船着場の方へ導いた。

奥村は追いかけようとしたが、その先には、ずらりと白羽織白袴の一団がいて、小太郎を迎えていた。もはや誰にも、手を出させないぞという構えである。

「――覚えておれよ、早乙女……」

吐き捨てて奥村が立ち去ると、薙左はさりげなく問屋場を振り返った。

するると、その奥の帳場で、

「うう……」

と打ち震えて泣いている久乃の姿があった。

薙左には見えないが、その久乃の手には——鎖つきのロケットが握られていて、その中には小太郎の写真があった。小太郎の小さな顔は、穏やかな日射しのように微笑んでいた。

その夜——。

番町の戸田家の屋敷に帰った薙左のもとに、いの一番に圭之助が、体当たりをするように駆け寄ってきた。

「母上はおらぬのか?」

「さっき船手奉行所まで、お着替えをお届けすると中間さんと一緒に出かけました」

「擦《す》れ違ったかな……明日でもよいものを」

「なんだか変な、赤い襦袢《じゅばん》が入っていたので、すぐに問い詰めたいと言ってました」

「赤い襦袢？　なんだ、そりゃ」

「分かりません」

「それより、今日は何かいいことがあったな」

「分かりますか？」

「ああ。体当たりするときは必ずそうだ」

　薙左はちょこんと圭之助の鼻先を突っついた。

「どんな、よいことをしたのかな」

「亀を虐めてた悪い子に、虐めちゃいけないって言いました」

「そうか、それは本当に偉いな。兜を被って、注意をしたのか。お祖父様が十も二十も作ってくれたそうだが」

「いいえ、もう被らなくても大丈夫です」

「ん？　どうしてだ」

「私と一緒に、悪い子に注意をしてくれる友だちができました」

「おう、そうか」

「はい」

「それはよかったな。その子のことは大切にして、ずっとずっと友だちでいるんだぞ。分かったな、圭之助」

にこりと笑って頷く圭之助を肩車した薙左は、中庭に出て、皓々《こうこう》と輝いている満月を見上げた。月も笑っているように見えた。そして、この同じ美しい月を異国の地から、

——あいつも見るに違いない。

と思うと、なんだか楽しくなった。

夢のような束《つか》の間の再会だったが、いつかは、当たり前に会えるときがくる。薙左は心からそう信じていた。

第二話　親知らず

一

吾妻《あづま》橋から船を出し、両国橋を潜《くぐ》った頃から、東風《こち》が強くなってきた。

「なんだい。ぽつぽつ来やがったか……」

とつぶやきながら、辺りを見廻すと、なんとなく靄《もや》がかかっているようで、雲も低くなってきている気がする。永代橋から帆を張って沖へ出ようとしたが、これではずぶ濡れになるのがオチだった。

「早乙女様……引っ返しますかい？」

船頭の房蔵《ふさぞう》が面倒臭そうな声をかけた。明らかに沖には出たくないという顔である。薙左としては、浦賀水道の観音崎あたりまで行って、異国船を見つけて追放するつもりだったが、波も強くなったし、下手をすれば転覆してしまう。

「だな……土砂降りになる前に戻った方が利口だな……だが、せっかく出てきたんだ。一日、つきあって貰うぜ」

「ええ？」

「万年橋から小名木川に入って、御亡堀《おんぼうぼり》から中川の方へ行ってくれ。そこから、ちょいと海に出りゃ、もしかしたら鯛が釣れるかもしれないからな」

「つ、釣りをするんですかい？」

「息子に約束をしたんだ。沖に出たついでに、でっかい鯛を釣ってくるってよ」

「こんな雨ですぜ……勘弁して下せえよ……あっしは昨日から、親知らずがちょいと痛んでまして、へえ」

「我慢できぬのか」

「へえ……しかも、御亡堀は釣り人にゃ鬼門だし」

「そうは見えぬがな」

「ほ、本当ですって……」

「降られて帰る阿呆者《あほう》っていうじゃないか。女にだって袖にされたからって、そのまま寂しく帰りたかないだろう」

「何の話ですか。大雨になったって知りやせんよ。仕事だから我慢しますがね。わざわざ筆頭与力様を辛《つら》い目に遭わせるのは酷だと思いやしてね」

「俺は息子のためなら、嵐の中だって、雪の中だって構やしない。さあ、遠慮なく、せっせと漕いでくれよ」

「魚釣りに来たんじゃあるまいし……」

「なんだ。やる気がないのか、おまえは」

「十万坪の方は何だか嫌でねえ……前にも一度、恐い目にあったし」

御亡堀とは大横川あたりのことだが、〝十万坪〟というほったらかしの干拓地があって、夏になれば草茫々《ぼうぼう》になる。ここには掘っ立て小屋が幾つも勝手に建ててあって、人殺しや盗人が隠れ家にしているという噂もある。だから、あまり人は近づかない。

この堀は、隅田川を風や波のせいで使えなくなった荷船などが、仕方なく通る所である。遊びに来る者はいない。仕事であっても、気味悪くなって引き返す者もいる。ましてや雨になると水は黒く濁っているし、そこかしこに捨てられている苫《とま》に落ちる雨音が、死体に鞭打つ音に似ていて、なんとも異様である。

　時折、土左衛門に出会うこともある。当時は、何処から流れてきたか分からない死骸は、沖へ流してしまうという風習があった。その先に西方浄土があると考えたのだ。〝水葬〟の名残《なごり》であろう。

　もっとも、天保から弘化、嘉永と過ぎ、安政年間と時代が移っている。将軍は十四代将軍家茂《いえもち》のご時世である。世相はその昔、薩左が関わった高野長英《たかのちようえい》が考えていたようになり、ペリーが軍艦七隻を率いて、再び神奈川沖に来ていた。土左衛門をほったらかしていた昔とは違う。引き上げた上で、自身番に報せるようにという町触が出たので、町人はなるべく手を貸していた。だが、この御亡堀だけは、ほとんど見て見ぬふりをして通った。このご時世にあってもまだ、

　――この堀では、触れば祟《たた》られる。

　という噂が、まことしやかに流れていたからである。中には、死体を触ってしまったがために、本当に死んでしまった者もいた。たまさかのことであろうが、怨霊のせいだと思うのが人情であろう。

一挙に空が暗くなり、雨脚が激しくなってきた。行く手も見えぬように煙るので、

「旦那……やはり、やめましょう。中川ですら、この風ですぜ……このまま海に出たら、ひっくり返っちまいますよ」

房蔵は、気味悪がっている。〝やち〟と呼ばれる川沿いの湿地からも、

――ひゅうるり、ひゅうるり。

と女が悲しげに泣くような風音が聞こえてくる。ガサガサと樹木や灌木の枝葉が揺れる音も、追い立てるように迫ってくる。

風に煽られて船体が傾くと、浅瀬に乗り上げたのだろうか、ガガッと船底を擦《こす》る音がした。危うく川に落ちそうになった房蔵は、櫓にしがみついて踏ん張り、なんとか漕ぎ続けた。だが、舳先《へさき》にガツンと流木にでも当たったような衝撃を受けて、ズズッと止まってしまった。

「だから、言わんこっちゃねえ……旦那。やっぱり、引き返しやすぜ」

と言って、もう勝手に船の向きを変えようとしたが、櫓が流れていた蔦《つた》か何かに絡んだのか、引っかかって動かなくなった。

「まったくようッ」

力任せに櫓を動かした房蔵の目に、真っ赤な紐が絡んでいるのが見えた。どす黒い水の中で妙に鮮やかな紐で、それは扱き帯《しごき》だということが分かった。

「ああ、イライラするな、もう！」

また強引に赤い扱き帯を払おうとすると、今度はぐるぐると船体が廻りはじめた。まるで鳴門《なると》の渦の中にでも巻き込まれたように船体が旋回したかと思うと、突然、ガガッと止まって、今度は反転しそうになった。

その次の瞬間である。

バサッ――と水面が割れ、ずぶ濡れの真っ赤な寝間着姿の女が、突然、艫《とも》に飛び上がってきた。

「うぎゃあ！」

女は両手をだらんとして、房蔵に覆い被さるように倒れてきた。とっさに受け止めながらも、房蔵はそのまま仰向《あおむ》けに倒れた。

「ああッ！」

薙左も反っくり返りそうになって、思わず身を舳先の方へずらした。女に押し倒された形になった房蔵は、鯉《こい》のように口をぱくぱくさせながら、白目を剝《む》いている。

恐怖のあまり、失神したようだ。

だが、船はまたゆるりと、捻《ひね》られた反動で戻るように廻りはじめた。すると、今度は舳先の方に、すうっと引きよせられてきた黒い着物姿の男が水面から現れて、ゴツンと頭を船縁《ふなべり》にぶつけて止まった。

その男の左胸には刃物が刺さっている。

「!?——」

声も出ない薙左は、雨に打たれながら驚いていたが、

「落ち着け……落ち着け……」

と冷静に男と女を見やると、ふたりの足が赤い扱き帯で結ばれているのが分かった。丁度、船を挟んで、舳先と艫に、男と女の土左衛門が絡まっていたのである。

——心中死体か……。

とっさに思った薙左は、中腰のまま舳先の下に沈んでいる男を必死に引き上げようとしたが、濡れて滑って思うようにならない。

「房蔵、起きろ！　おい！　寝てないで手伝え、こら！」

薙左は声を限りに叫んだが、女の死体に押し潰《つぶ》されて白目を剝いたまま起き上が

らない。篠突く雨が続く中で、薙左は必死に男の土左衛門を引き上げながら、

「やっぱり鬼門だったか、ここは」

泣き出しそうな顔になって、全身に力を込めて踏ん張った。

二

中川船番所に、心中らしき男女の遺体を届けたのは、それから二刻近く経ってのことだった。土左衛門は思ったよりも重く、しかも揺れて足場の悪い船に乗せるのが、ここまで苦労するとは思わなかった。大雨の中だし、通りかかる船もおらず、結局、薙左ひとりで引き上げて、櫓まで漕いできた。

房蔵が目を覚ましたのは、番所の桟橋に着岸してからだった。恐怖のせいか、親知らずの痛みなど、どこかに消えていた。

すぐに、川船同心の青野善市《あおのぜんいち》が岡っ引の玉助を引き連れて訪れたが、これまた面倒臭そうな顔で、

「早乙女様……こんなのは、定町廻りの方へ……」

と言いかけるのへ、薙左はいつになく不機嫌な声で返した。

「こんなの、とはどういう意味だ。おぬしだって、幕府役人だろうが。それに、河川で起こったことだ。川船奉行で扱ってあたりまえだろう。川船奉行筆頭与力の加治周次郎様もそう言っているのか」

薙左はかつての上役の名を出した。加治は戸田泰全が船手奉行を退官してから、船手頭の向井将監に仕えた後、若年寄支配の川船奉行に引き抜かれていたのである。たまに顔を合わせることはあったが、お互い忙しい身であるから、昔のように酒を酌《く》み交わすこともなかった。

「本当は、おまえたちがやらなきゃいけないんだよ」

薙左は全身ずぶ濡れだったから、羽織や着物、褌《ふんどし》まで、自身番の奥の紐に吊して干してある。寸法違いの着替えを自身番の家主に借りたが、風呂上がりのように体中から湯気を出していた。それで余計、カッカと怒っているように見えた。

本所深川の民政に関することや、河川や川船にまつわることは、わずか一騎の与力と同心ふたりだけの本所方が対処している。広範にわたる雑務に追われて大変だったから、川船奉行配下の与力や同心も手を貸していた。

だが、盗みや殺しの事件があったときは、下手人《げしゅにん》を捕らえても一旦は、富岡《とみおか》八幡宮近くにある大番屋に預けることになっている。ここは鞘番所と呼ばれていた。鞘のように細長い仮牢があったからとも、危ない刃みたいなものをとりあえずしまっておく所だからとも言われている。

「検死を終えて、雨が上がったら、大番屋に預けておいてくれ。そこに南北どちらかの定町廻りから誰かが来ることになってる。なんなら、すべて船手奉行所で扱ってもよいが、御定法が変わって、殺しや盗みの類《たぐい》はすべて町奉行所に届けることになっている。そうだろうが」

北町奉行所も遠山《とおやま》奉行だった時代には、立派な毅然とした与力や同心が多かったが、近頃は、どうもぬるい者が多い。遠山はその後、大目付《おおめつけ》の職を経て隠居している。

薙左のことを日頃から目の敵《かたき》にしている北町奉行筆頭同心の奥村慎吾も、商人から袖の下などを取りすぎたという悪事が露見して謹慎になったことがある。御家人としての矜持《きょうじ》はどこにあるのか、まったく情けない話である。

雨脚が強くなってきたので、引き上げようとしたが、誰かから聞いたのであろう、

「よう、薙左。心中の土左衛門が上がったンだってな」

と番傘をくるくると廻しながら、加治が現れたのは、薙左と青野が検死を終えた頃だった。久しぶりに会ったが、まだまだ四十半ばの男盛り。壮健で、海の武士らしき物腰である。

「よっこらしょっと」

と背中を屈《かが》めるようにして、番小屋の中に入ってきた加治は、筵に並べられている男と女の亡骸《なきがら》を見下ろした。

枕元には線香が焚《た》かれており、ふたりとも胸の上で手を合わされている。引き上げたときには気づかなかったが、男の目尻には刃物傷があり、女は口元に艶《つや》ぼくろがあった。

「まだ新しい仏だな、こりゃ」

加治は合掌をしてから、ふたりの死体をあちこち検分するように見廻した。

「なるほどな……薙左、おまえはどう見た」

「心中と思いますが、難しいですね」

「じゃ、青野。おまえは、このふたりをどう判断したのだ」

青野は恐縮した顔になって、

「申し訳ありませんが、それは言えません。いくら加治様のお知り合いでも、船手がいるところで話してはならない決まりになってますので」

「構わぬ。俺は……」

「分かっております。かつて、早乙女様の上役でもありましたし……でも……」

息を大きく吸ってから、青野は意を決したように、

「本来、川船奉行は、この中川船番所のように江戸に出入りする船舶の荷を見張るのが務めですから、船手奉行や船手頭とは違うのです。加治様も今は船手与力でないのですから、口出しをしないで下さい」

支配管轄が違うことを、青野は言いたいのだ。もちろん、薙左は百も承知だが、役所とは面倒臭いものである。いや、その縦割りに毒されている役人たちがおかしいのだ。

海に境がないように、海の男同士、互助精神でやろうと思っただけなのだが、役所とは面倒臭いものである。


「で……北町の筆頭同心はたしか、当番方にいた奥村慎吾様と聞いておりますれば、このあたりの本所方も、奥村様に従えと指示されておりますので、そうして下さ

い」

「奥村殿か……」

「ご存知でございますか」

「まあな。よく邪魔をされてるよ」

当番方とはいわば〝遊軍〟みたいなもので、縦割りの役所の中にあって、横断的に応戦する部署である。与力三騎が交代で詰めるのだが、その下にはそれぞれ三人の同心がつく。援軍として最も多く狩り出されるのは、やはり捕物出役のときである。

そこで散々、事件探索や捕縛を経験した奥村が度胸と器量、人望などを買われて、北町奉行の井戸対馬守が抜擢したのである。

「青野よ……奥村なんざ、ありゃダメ同心だぞ。まあ、せいぜいもって半年。この薙左……いや船手奉行筆頭与力、早乙女様を頼りにしていた方が、おまえのためだぞ」

「からかわないで下さい、カジスケ……いえ、加治さん」

「カジスケでいいよ」

加治は笑ってから、上がり框に腰を下ろすと、

「さあ。どう思う、青野」

と訊いた。

「やはり、心中ですかね」

仕方なさそうに青野が返すと、間髪入れず、加治は真顔で言った。

「こりゃ心中ではないな。殺しだ。何処に目えつけてるンだ」

「まさか……これは、どう見ても……」

「よく見ろ。男が扱き紐で女を絞め殺してから、短刀で胸を突いたように見せてるが、心中じゃないな」

「いや、しかし、手足を結んでいるんです。ふたりは覚悟の上でお互いの体を縛りあった。そして、女を絞め殺し、その後で男は自分の胸を突いて、そのまま御亡堀に身を投げた……そう睨んでます」

「縛った体でどうやって胸を刺すんだ」

「でないとしたら、女を殺してから、一緒に飛び込むために手足を縛り、それから……」

「そんなややこしいことするものか。心中てのは芝居のように、たっぷり時をかけたりしないんだよ……あ、芝居と言えばな」

加治はなんだか嬉しそうに顔をゆがめて、薙左を見やって、

「近頃、ちょいと浄瑠璃なんぞを書くことになってな。ああ、近松みてえに、いいのを書くから、改めてこういう事件に深入りしたいのだ」

と言ってから話を戻した。

「芝居と違って、一気にやらなきゃ死ねるものではなかろう。ふつうなら、女を刺して、自分も刺して、それで終《しま》いではないか。わざわざ体を縛って飛び込むか。それに、よく見てみな……おい、薙左、おまえもだ……ためらい傷のひとつもない。ひと思いにグサリとやるといっても、先に女を殺したとしたら、大概はびびるものだろう」

「なるほど。それは一理ありますな」

薙左は頷いて、ふたりの亡骸を眺めながら、

「だとすれば、数人の者に襲われて、この仏は一緒に殺された。その上で、心中死体に見せかけた。おそらく、男の方を先に殺したんでしょうな、この刃物でズンと

一撃」

「さすがは、戸田泰全の娘婿。大目付だった遠山様もご贔屓《ひいき》の早乙女様だ……」

笑いながら冗談ぽく、加治は言った。

「だが、それだけではないぞ。よく見てみろ……胸の傷の大きさと深さは、刺さっていたこの匕首とは合わぬ。刀で突いた後に、匕首に替えたんだな。やったのは侍だ」

「——のようですね……」

「まずは、このふたりの身元からはっきりさせなきゃならぬな。御亡堀はあちこちから流れてくる、人も物も……ということは、探す範囲も広いってことだ。薙左……俺はいつだって手を貸すぞ」

「ありがたきお言葉。でも、私は今、かつてのあなたの立場です。甘えるわけにもいきますまい」

「うむ。そうか」

「ですが、まずは、北町の奥村殿に報せておきます。町方できちんと探索をしますでしょう。もっとも、加治様の慧眼《けいがん》によるご意見だということも、伝えておきます」

「それは無用だ。俺は今、切った張ったではなくて、ここを通る船荷の検査で手が一杯だ……ところで、新しい船手奉行はどうだ。おまえよりも若い、お坊ちゃまだと聞き及んでいるが」

「はい……船手なんぞは腰掛けだそうです。まあ、勘定奉行を務めている八千石の旗本、串部主計亮様のご子息ですからね。あの我が儘《まま》には、私も頭が上がりません」

と苦笑した。詳しくは言わずとも、お互いに分かりあったようで、

「もっとも、鮫島もおまえが上に立たれて、困惑してるようだがな」

「相変わらずの唯我独尊ですが」

「だろうな。薙左も、おまえの親父殿に負けぬよう頑張れ。圭之助のためにもな」

薙左の四つになる子供の名を言って、加治はにこりと笑った。船手のことを懐かしいと思ったのであろうが、加治の心配りが嬉しい薙左であった。

——それにしても、誰が殺したのか……。

薙左はもう一度、ふたりの遺体に目を落とした。

三

江戸川に架かる立慶橋《りゅうけいばし》の袂《たもと》で、金物を擦り合わせるような甲高《かんだか》い女の声が聞こえる。

「……あまりと言えば、あまりの話。母じゃは帰らぬ息子を待ち続け、はや幾年《いくとせ》、涙に暮れて、いまだ分からぬ息子の敵《かたき》。殺してやりたいなぶりたい。思いは募れど、怨みが積もるばかりの雪化粧。穢《けが》して下手人の身と心、ああ、裂いてやりたいわいなあ……」

裃《かみしも》姿で浄瑠璃の真似事をして、よみうりのように紙を配っているのは——なんと、お藤であった。『あほうどり』の前の女将である。なぜか娘義太夫を気取っており、それなりに声に張りもあるが、あまり聞いていて心地よいわけではない。

町中には、義太夫を気取る商家の若旦那がけっこういて、聞かされる方は神経がギスギスするほど迷惑な話だが、やっている方は心地よいらしい。が、世情不安のご時世にあって、みんな頭がおかしくなったのではないかと、毛嫌いする者も多かった。

もっとも、お藤がやっているのは、人助けである。浄瑠璃の節廻しで語りながら、配っているのは、人相書である。

実は、二年前——。

この立慶橋で、ひとりの商家の息子が何者かに殺されたのだ。

『宮松屋』という小さな太物問屋の息子で、幼い頃に父親が病で亡くなってから、母ひとり子ひとりで、つつましく暮らしてきた。木綿《もめん》などを売るだけではなく、母親の多江は縫い物が上手だったので、古着の洗い張りや仕立て直しなどもしていた。どんな小さな仕事でも請け負うという気持ちで、息子の善吉《ぜんきち》は〝御用聞き〟をしに、あちこちの商家や武家屋敷に出入りしていた。

それは、薄暗い雪の夜だった。ひと仕事を終えて、少しでも早く温かいものを母親に食べさせようと、家路を急いでいた善吉は、出会い頭に人とぶつかった。

「何処に目えつけてやがんだ、このやろう」

相手に怒鳴られて、善吉は驚いたが、すみませんと一言だけ謝って行こうとしたら、

「それで済むと思ってンのか」

と突き飛ばされた。雪で滑りやすくなっていたせいで、善吉はつるっと倒れ、欄《らん》干《かん》で頭を打って、死んでしまったのである。驚いた相手は助けることもせず、そのまま逃げ去ったというのだ。

橋の袂には、小さな茶店があったが、すでに店を閉じていて、人気《ひとけ》はなかった。だが、たまさか橋の下を通りかかった荷船の八吉《やきち》という船頭が、その様子をチラリと見ていた。とはいえ、遠くて見上げる形だから、ふたりの顔もよく見えなかった。善吉が倒れたのは見えたが、まさか、それで死んでいるとも思えず、八吉も通過したのだが、二、三日経って、そんな事件になっていたのを知り、かすかな記憶を頼りに人相書に協力したのである。

その人相書は、しばらくは高札場や近くの長屋の木戸口、木戸番、辻番《つじばん》、橋番、川船番所など、江戸市中に張り出されていたが、まったく効果はなかった。

江戸川沿いには武家屋敷が並んでいるので、態度などから鑑みて、突き倒して逃げた男は中間かもしれぬと思われたが、町方の調べに対して、武家は冷ややかな対応だった。

多江が息子を殺した下手人を、ずっと探していると、お藤は事情を義太夫節に乗せて、事件のあった橋を通りゆく人に声をかけていたのである。

「さてさて、かような顔をした男を見かけたら、船手奉行筆頭与力の早乙女薙左様か、川船奉行筆頭与力の加治周次郎様のところへ、今すぐお届け下さりませ。ええ、おふたりとも私とは大の仲良し、頼りになるお方たちだよ。町方なんざ、あてにならないよ」

とお藤は頭を下げるのである。近頃、娘義太夫の鶴竹亀女《つるたけかめじょ》について稽古をしていたので、人目につきやすくするために、人探しに応用したのである。鶴竹亀女は、上方の名匠と言われた鶴竹松之丞《まつのじょう》の愛弟子《まな》で、江戸に出てきて、人気を博している。

もっとも、女が語る浄瑠璃は、江戸初め、古浄瑠璃のひとつとして流行《はや》ったが、風紀が乱れるとのことで、寛永年間に禁止された。復活するのは時代が下って文化文政期になるが、興行をするのではなく、〝見せ物〟として寺社奉行の許可を得て、勧進事業として寺社地で演じたり、町場で稽古指南をするくらいは大目に見られていた。それ以降は、良家の婦女子もやるようになったから、

——世も末だ。

と殿方たちは嘆いていた。

「なんだ……お藤さんか……なんで、こんなことを……」

ふいに声をかけられて振り返ると、そこには薙左が立っていた。

「なんという格好をしているのです。頭でもおかしくなったのですか」

「人助けですよう」

お藤は『あほうどり』をさくらに譲って、今は気ままなひとり暮らしをしている。そして、時折、加治と会って、何でもないときを一緒に過ごしている。老後には早いが、茶飲み友だちというところか。そして、余計なお節介の虫が時々疼《うず》いて、人助けをしているのである。

「息子が殺されたのに、下手人が分からないままの可哀想な母親がいるんです。近頃、よく仕立て直しを頼むようになって、それで知ったのよ」

とお藤は人相書を手渡した。薙左はそれを見て、

「ああ、これか……」

短い溜息をついて、人相書を返して、

「湯島天神下の『宮松屋』の多江だろう？　このことなら俺も、奥村殿や玉助から

聞いたが、殺されたってのはどうもな」

「違うって言うのですか」

「自分で転んで頭を打った……という検死の見立ても出たらしい。打ち所が悪かったんだろうなあ」

「でも、乱暴な言葉を吐いて、誰かが突き飛ばしたと、船頭さんが見てるんでしょ。これを描く手伝いをした人」

お藤は少し興奮気味に人相書を突きつけた。

「後で、船手でも川船から検証をしてみたが、川面からは顔なんぞ見えない。それに、その日は雪が降っていたから、ますます当てにならない。その船頭には俺も後から訊いてみたが、声を荒らげて通り過ぎたのはチラリと見たが、突き飛ばしたかどうかまではは っきりとは見えないと話してた」

「そんな……」

「母親が下手人探しをしていると聞いて、船頭は同情したために、その顔を……な」

薙左が諦めるよう言うと、お藤は憤懣《ふんまん》やるかたない顔つきになって、

「そんな人になったとは思いませんでした、ゴマメ、いえ薙左さんに限っては」

「え……」

「美しくて賢い、戸田様のお嬢様に婿入りして、与力にまで格上げになった。いずれは、旗本職のお奉行になるでござんしょ？　こんな小さな事件は、どうでもいいんですか」

「お藤さん……」

「転んで頭を打っただけか、誰かが突き飛ばしたかハッキリとはしてないわけですよね。殺されていないのでしたら、そう証明して下さいませんか。でないと母親としたら、たまったものではありません」

　と毅然と言った。

　どうして、女は怒ると丁寧言葉になるのであろうと、薙左はいつも不思議に思っていた。女房も同じである。慇懃《いんぎん》に接することで、不快な気持ちを表したのは分からぬではないが、急に態度が変わるから、

　――なんだかなあ……。

　と思ってしまうのである。

　薙左は頭を冷やすようにと、お藤に忠告してから立ち去ろうとした。が、背中に声がかかってきた。

「逃げるのですか。卑怯じゃありませんか。息子さんが亡くなったのは事実なんです。少なくとも事故か殺しかだけでも、調べるのがお奉行所じゃないですか。子供を殺されて、泣き寝入りしろっていうのですか」

「誰もそんなことは……」

　言っていないと薙左は振り返り、

「ただ船手でも町奉行所でも、事件ではない、殺しではないと判断したのです」

「薙左さんはどう思っているのですか」

「俺は……」

「どうなんですかッ」

　問い詰められた薙左は、逃げるようにして先へ歩き出した。

「何処へ行くのです薙左さん。逃げるのですか！」

「俺は別の心中事件、いや、心中に見せかけた事件のことでね……女将、いや、お藤さんは、ずっとそこで浄瑠璃を歌ってなさい」

薙左は橋の上を右へ左へと揺れて、欄干にぶつかりながら立ち去った。

「卑怯者！」

というお藤の声が背中に飛んできて、べたりと張りついていた。

四

御亡堀から上がった〝偽装心中〟のふたりのうち、女の身元が分かったのは、その日の夜になってからのことだった。

北町奉行所の同心詰所に、定町廻り筆頭同心の奥村慎吾から、

——船手に援護をお願いしたい。

と呼び出された薙左は、改めて、発見したときのことや検死記録との突き合わせや、他に何か異変を感じなかったかなどを繰り返し訊かれた。

奥村は、いつもと違って理性と知性を併せ持った雰囲気で、物腰も穏やかである。たしかに、定町廻り方という〝強行犯〟相手の筆頭同心としては、どこか線が細い感じもするが、人は見かけによらぬ。剣術の腕前も凄いらしく、薙左はなんとなく

警戒していた。

男は手代風だが、身元はまだ分からない。しかし、女の方は柳橋にある『水嶋《みずしま》』という水茶屋に勤める千春《ちはる》という女だった。

千春は『水嶋』の女将に借金があるので、まるで身売りをしているようなものだった。この店は、噂では、売春をしているとのことだが、証拠があるわけではないので、お上が手入れすることはできないでいた。

「女将にもふたりの遺体を改めて貰ったのだがな、客として来ていたことがあるようだが、何処の誰かは知らないというのだ」

奥村が話すのに、薙左は頷くしかなかった。

「——そうですか」

「千春を殺したいほど恨んでいた人間がいないかと、女将に訊いたら……恨まれる女じゃないが、誰かをいたく憎んでいたというらしいんだ」

「憎んでた……」

「うむ。水茶屋に上がる前にな、親父さんが騙《かた》りにあったとかで、店の金をぜんぶ持っていかれたというのだ。内藤新宿で、ちょっとした小間物屋をしていたらしいのだがな」

「それで、『水嶋』に……」

　薙左もその水茶屋の悪い噂は耳にしている。

「騙りってのは、どのようなものだったのでしょうか……町奉行所には上がってきていませんよねえ」

「うむ。だが、女将にも、千春はそのことを話そうとしなかったらしい。言えば、父親の恥になる。それに、下手をすれば、他人様《ひとさま》にも迷惑がかかると」

「迷惑がかかる……どういう意味でしょうねえ」

「命に関わることだとも言っていたらしい。だが、結局、自分の命を落としてしまった」

「では、奥村殿は、心中の偽装と騙りに何か繋がりがあるとでも？」

「そこまでは分からぬが、昔の事件とも関わりがあるかもしれぬから、船手の方で抱えている何かと結びつくものがないか、ちょっと調べては貰えまいか」

「そういうことならば、やってみますが、では、未だに男の身元は……」

「分からぬ」

「どちらか、ひとりがはっきりすれば、容易に探し出せると思ってましたがね」

「千春を贔屓にしていた客はかなりいたので、岡っ引や下っ引を散らして、どんな小さなことでも探せと命じているのだが、なかなかな……手がかりといえば、これくらいでな」

奥村は煙草入れを出した。上等な布と革を合わせて作ったもので、煙草の葉を入れる所の蓋《ふた》の裏側に、『鶴竹』と金糸が縫い込まれている。調べてみると、浄瑠璃の家元の名で、去年、江戸のあちこちで宮地芝居として興行をしたときに、支援者に特別に配られたものだという。

数は限られているので、調べているところだが、今のところ、この煙草入れを貰った者で亡くなったものはいない。

「鶴竹……有名な浄瑠璃義太夫の家柄の名ですよね……あ、そういや、お藤も亀女とかいうのに習っていたとか言ってたなあ」

「お藤、というのは？」

「私の知り合いです。船手奉行所の近くで飲み屋をやっていたのですが、今は……」

薙左は簡単に事情を説明した。

「なるほど。川船奉行与力の加治さんの女ですか」

「あ、いや、そういうわけでは……なんというか……とにかく、その煙草入れのことも含めて調べてみましょう」

薙左は礼をして立ち去ると、船手にも関わる幾つか謎のままの事件を調べてから、鶴竹亀女を訪ねてみた。事件のこともあるが、お藤の様子も気になったからである。

鶴竹亀女の屋敷は、不忍池《しのばずのいけ》に面した福成寺の近くにあった。青々と広がる池の遠くに弁才天が見える。

浄瑠璃を語ると近所迷惑になるから、この辺りで教授をしているのであろうか。稽古を終えた若旦那たちが、湯島の方へぶらり歩いて一杯やるのも楽しみのひとつのようだった。

「ああ……あなたが船手奉行所の筆頭与力・早乙女薙左様ですか。若い頃から、心のまっすぐな、正義感に溢《あふ》れた立派なお方だというお噂は、かねがね聞いておりました、お藤さんから」

亀女は妙齢の美形で、男好きのする女だった。若旦那が高い指南料を払ってまで、浄瑠璃を習いに来るのが分かるような気がする。もっとも歌舞音曲については、薙左はからきしダメなので、通うことはできまいと端から諦めるしかなかった。

「煙草入れのことだがね……」

「それなら、玉助さんでしたか……岡っ引の旦那にもお話ししましたがね、私が出したのも含めて、百ほどは配ったと思います」

「もう一度、思い出して貰いたいんだが、『水嶋』という水茶屋の女と関わりがある男を知らないかな。年の頃は、三十頃。体はそう大きくないが、顔のこのあたりに、刀傷があるのだが」

と左目の目尻を指した。

「――分かりませんねえ……それに、水茶屋の女と関わりのある旦那衆なんて、それこそ幾らでもいるんじゃないですか」

「まあ、そりゃそうだが……」

困ったような顔になった薙左を、なぜか亀女はおかしそうにクスリと笑って、

「何となく分かるような気がします」

「心当たりがあるのかい」

「いえ。お藤さんから聞いたのですが、あの戸田泰全様のお嬢様が、一目で惚れた訳が分かる気がします、と申したのです。朴訥《ぼくとつ》というか、変な欲なんかがなくて、しぜんな感じがとってもいいですねえ」

「あまり褒められると、バカと言われている気もしてきます」

照れくさそうに頭を掻く薙左に、亀女は微笑みかけて、

「分かりました。私も調べてみますよ」

「え？」

「自分があげた煙草入れを持っていた人が死んだなんて、ちょいと気味悪いしね。なに、いいんですよう。岡っ引が来たときには、なんだか、どうでもいいと思ったけれど、早乙女様のお顔を見たら、なんとなく手伝わなきゃって……」

そう言われた薙左はどう答えてよいか分からなかった。

五

湯島天神下の太物問屋『宮松屋』に来たお藤は、今日も手がかりがなかったとい

うことを、残念そうに多江に伝えた。

問屋とはいっても、間口はわずか二間で、奥行きもなく、番頭や手代がいるわけでもない。元々はそれなりの奉公人がいたのだが、主人がなくなってからは、母子《おやこ》だけで営んでいた。小僧をひとり抱えていたが、善吉が死んでから、よその店に預けて、多江はほとんどが洗い張りの仕事で、糊口《ここう》を凌《しの》いでいたのである。

「ごめんなさいね、お藤さん。足が悪くなったばかりに、すっかり迷惑をかけちまって」

多江は申し訳なさそうに言うと、お藤は土産にもってきたみたらし団子を渡して、

「何を言ってるんです、女将さん。何がなんでも、善吉さんのようないい息子を殺した奴を探し出して、獄門にしなきゃ腹の虫が治まらないじゃないですか。今でも何処かで、自分のやったことには知らん顔で暮らしていると思ったら、絶対に許せません」

「そう言ってくれるのは、お藤さんくらいですよ……近所の人は、あまり傷口に触れないように気をつけてくれてますけどね……年が経てば、忘れてしまいますよ」

「それが悔しいですよね」

お藤が我が事のように案ずるのには、訳があった。

実はほんの一月程前まで、『宮松屋』のことは知らなかったし、つきあいもなかった。だが、毎日のように立慶橋の袂に立って、

——息子を殺した人を探して欲しい。

と往来する人に訴え続けている多江の姿を見かけたのがキッカケだった。事件があってから、一年が過ぎる頃だった。

事情を知らないお藤は改めて話を聞くと、あまりにも酷いことだから、加治にも相談してみたが、

「自分で転んで死んだ事故なのだが、母親はずっと殺されたと思い込んでいる。いもしない誰かを恨むことで、哀しみを薄めようとしているのだ」

というのが奉行所の見解だと言われた。

そう説明され、お藤もさほど気にはかけていなかったが、善吉が毎日のように書いていた商《あきな》いの日誌を読む機会があり、ある記述に気づいたのである。

『雪が続いて、足場が悪い。時々、ぬかるんでいる道があって、大八車が泥水を跳ねる。今日、すれ違った女の人が、乱暴な大八車にぶつかりかけて転んだ。思わず

助けたが、その人は気丈にも裾を捲《まく》ると、大八車の人足を追いかけて走っていった』

この事件は、自分のことであるとお藤は気づいたのである。日付から見て、殺される前日のことだった。

「あのときの人だ……って私、気づいたんです。恥ずかしながら、すってんころりんと転んで着物はぐちゃぐちゃ。でも、善吉さんは私を助け起こしてくれて、必死で手拭《てぬぐ》いで泥水を払い落としてくれた。でも、私、自分勝手な輩を見るとカッとなる性分なので、礼も言わずに大八車を追いかけて……」

この話はもう何度も多江にしている。だが、こういうのもひとつの縁だと思って、お藤はあの親切な人が殺されたというのが、どうしても理不尽な気がして、下手人をあげたいと思ったのであった。

「ところで……今日、この人相書の顔に似た人を知っている、見たことがあるって人に会ったんです」

お藤が言うと、多江は痛めている膝を庇い腰を浮かして、

「ほ、本当ですか⁉」

「うん。気になって、その人の住んでいる所を教えて貰って、ちょいと尋ねてみたんですけどね。これが……どうにもタチの悪そうな奴でね。人相書を見せつけて、あんたでしょうと言っても、『世の中にゃ似た顔の奴が七人いるってえからな』でおしまいですよ」

「で、その人は、どこの誰兵衛なんです」

「――行ってみますか」

「え？」

「殺された善吉さんの母親だって分かったら、きっと相手は戸惑うに違いない。ボロを出すかもしれない」

「行きます。行って問い詰めますッ。でも、お藤さんを危ない目に遭わせるわけには……」

「大丈夫。腕のいい用心棒ならいます」

にこりとお藤は微笑んだ。

源蔵《げんぞう》という大工の入り浸っている浅草の居酒屋に来たのは、その夜のことだった。

毎日、浴びるように酒を飲んでいる四十がらみの源蔵は、体も大きく、臭い息をぷんぷんさせながら、他の客に迷惑なくらい大声で飲んでいた。丸太のような太い腕で、パンパンと人の背中を叩きながら、金を沢山儲《もう》けたと自慢話をしている。

お藤は店に入ってくるなり源蔵の前に立って、

「あなたですよね、これ」

と人相書を突きつけた。それに目を近づけて、まじまじと見た源蔵は、

「また、おまえかよ。ちっとも似てねえな」

「そっくりじゃないですか。末広がりの鼻の形とか、眉毛のゲジゲジとか」

「――なんでえ」

じろりと睨みあげた源蔵の顔つきは、大工とはいうものの、まっとうな人間には見えなかった。ならず者のような凄みだった。

「二年前の雪の日ですよ。江戸川の立慶橋……思い出しませんか」

「俺は昨日のことも忘れるタチでね。前向きに生きてるんだよ」

「分かりますよ。頭が悪いってことですよね、たった二年前のことを忘れるなんて。それとも、都合の悪いことは忘れるんですか。昨日のことも覚えてないのは、次々

と悪さをしてるからですか」

「なんだと、こら……黙って聞いてりゃ、何様だ、てめえ」

険のある声で立ち上がると、周りの客たちはみんな、あっという間に店の外に出た。酒で暴れるのは日常茶飯事なのであろうか。源蔵はお藤を鋭い目で睨みつけると、

「女だからって承知しねえぞ」

「また人を突き飛ばして、殺す気ですか」

「てめえ、喧嘩売ってンのか」

「だったら、この人に言えますか。あなたに殺された善吉さんの母親です」

お藤は後ろに控えていた多江を指した。多江も憎々しい顔で、源蔵を見上げている。

「善吉……誰だ、そりゃ」

「名も知らない相手を、あなたは殺したんですね。いいえ、あれだけ瓦版《かわらばん》でも騒ぎになったんです。この人相書だって、出廻っていた。あなたは事件があってから、一年くらい江戸を離れていたらしいですが、逃げてたンでしょ。捕まるのが恐く

て」

「何の話をしてるんだ、てめえッ。本当にぶん殴るぞ」

「殴ってご覧なさい。それで、あなたの旧悪を暴けるのなら、本望です」

挑発するようにお藤が前に出ると、源蔵は我慢ができなくなったのか、いきなり大声をあげて、熊のように摑みかかろうとした。そのお藤と源蔵の間に、スッと鞘ごと刀が伸びてきた。軽く源蔵の鳩尾《みぞおち》が突かれると、よろりと腰掛けに戻った。

「後は俺が相手になる」

間に入ったのは、鮫島拓兵衛であった。源蔵の前に腰掛けて、船手奉行所の同心だと名乗ってから、

「善吉という人を知らないか」

と尋ねた。

「なんだ、てめえもかよ」

「同じことを訊くが、二年前の雪の日のことを思い出してみな」

「だから、何なんだ、てめえらはよ。俺が何をしたっつうんだ」

思わず源蔵は鮫島を殴ろうとしたが、そのまま腕を取られて、柔術で土間に転が

された。酔っているし、体が大きな分、衝撃が強くて、ううっとうずくまってしまった。

「——おまえさんのこと、少々、調べさせて貰ったよ」

鮫島は源蔵の前にしゃがみ込んで、

「〝金《きん》の札〟ってのはなんだい」

「え……」

「持ってるだけで、一年で値が五倍、十倍って上がるそうではないか。おまえも、それで儲けて羽振りがいいのか」

「か、関わりねえだろう、あんたに」

「大工仕事なんざ、ばかばかしくてやってられないだろうな」

「…………」

「しかし、〝金の札〟ってのは、下手をすりゃ、ただの紙屑《かみくず》になってしまう。ありもしない金を、あるように見せて売っているんだからな。しかも、おまえがやっていることは、頼母子講《たのもしこう》だ」

〝金の札〟というのは、今で言えば証券化している金融商品みたいなものである。

不景気だから、いずれ金《きん》の相場が上がる。今買っておけば実際の値が上がって得をする。そういう触れ込みで、主に商家の主人に売っていた。〝金の札〟は、小切手のように金銭の代わりにも使えるからである。

それだけではない。現代でいうネズミ講の仕組みで、親がいて、その子や孫が〝金の札〟を売れば売るほど、親に金が入るようになっている。だから、〝金の札〟を買う者は他の者を自分の傘下に組み込んで儲けることができる。射幸心をくすぐる商品だから、金に余裕がある人は手を出す。中には、なけなしの虎の子を持ち出す者もいた。

「御定法に触れるものを売り捌いて、濡れ手で粟《あわ》の儲けをしている。そうだろ。だから、二年前、善吉を殺してしまったから、そっちの方もお上にバレると思って、江戸から姿を晦《くら》ました……そういうことであろう」

「ま、待ってくれ……」

でかい図体の割には、根性はさほどないと見えて、鮫島から詰め寄られて、急に情けない声になった。

「あんた。船手の人って言ったな」

「そうだ。町方の事件と跨《また》いでいるものもあるのでな。出張《でば》ってくることも多いんだ。川面からと、陸からとじゃ、同じ事件でも違って見えることがあるからな」

「あ、ああ……」

大工でもそのくらいは知っているはずだ。だが、源蔵はなぜか尻込みして、

「俺は何も悪いことなんざしてねえよ……ああ、嘘じゃねえ……」

「だったら、船手奉行所まで来て貰おう。話はそれからだ」

「か、勘弁してくれ。そんなことしたら、俺ア、袋だたきにあっちまう。いや、殺されちまうよ、ほんとにッ」

と言ってから、アッと口をつぐんだ源蔵の胸ぐらを、鮫島は摑み上げた。

「どういうことだ。殺されるとは」

「いや、あの……」

「洗いざらい吐いた方が、気持ちよく三尺高い所に行けるのではないか？　雪の晩のことも、きちんと吐いてしまってよ」

鮫島は源蔵の顔を、多江の方に向けた。

「──ほ、本当に、俺は雪の晩とか、殺しとか、そんなことは知らねえ……たしか

に、二年程前に、甲州の方へ行ってたことはあるが、それは〃金の札〃のことでだ。本当に、人殺しなんざしてねえ。信じてくれ」

「……………」

「あんたの息子のことなんざ、知らないよ」

多江に向かって、情けない声で縋るように言う源蔵を、鮫島はさらに締め上げて、

「だったら、誰になぜ殺されちまうんだ。よう、ちゃんと話したらどうだい」

「そ、それは……」

「往生際の悪い奴だな。こう見えて、俺も実は気が短いンだ。どうでも、奉行所に連れて行くしかねえな」

「やめてくれ……三次《さんじ》みたいに、なりたくねえ……」

「三次？　誰だい、そりゃ」

と鮫島が腕も捻ると、源蔵は悲痛な声を上げて、

「し、心中に見せかけて、こ、殺された奴だよ……いてて……土左衛門で上がったっていう……片割れだよ……」

そう言った。鮫島もお藤もピンときた。薙左が探索していたことだと思い浮かべ

たのだ。もっとも、はっきりした事実は知らないが、

——心中に見せかけて殺された。

という、薙左が言っていたのと同じ文言に引っかかったのだ。

お藤は、鮫島にそっと耳打ちをした。その一瞬の隙をついて、源蔵は鮫島を突き飛ばして逃げようとしたが、軽くいなされ、そのまま外へ飛び出して、頭から地面に倒れてしまった。

六

鉄砲洲稲荷前の赤提灯《あかちょうちん》『あほうどり』で、薙左は軽く一杯やりながら、青野と玉助を前に、今日色々と調べてきたことを話していた。例の偽の心中事件のことだが、青野としては、

——川船番所の私を巻き込まないでくれ……。

という思いが丸分かりの表情だった。だが、薙左は、

「加治さんとのよしみってことで、よろしく頼むわ。こっちだって、船手だから、

定町廻りみたいなことはしたくない。だがな、事は深川で起こったことじゃないか。あんたが初めに検分したんだし、新しいネタも深川がらみだ」

「新しいネタ？」

「うむ。鶴竹亀女という浄瑠璃の師匠から割り出して、あの男が持っていた煙草入れを洗っていたら、雉兵衛《きじべえ》という年寄りに行き当たった。誰かに譲ったが、覚えてはいないというのだ」

「どういう意味ですか」

「少しは考えてくれよ。他人事とは思わずにだな」

「ですが、私は……それに、女房が湯治に行きたがってましてね。私も長年、宮仕えしてきたから、しばらく休みを貰ってもよいかなと……」

「おい……」

　薙左はトンと銚子を置いて、

「心中に見せかけて殺された仏さんたちゃ、二度と湯治なんざ行けねえんだ。あんたら夫婦は、またいつでも楽しめるだろうが」

　と、いつになく強い口調で言った。

「！……」

「しかも、下手人を挙げたら挙げたで、本当に殺しをやったのか、死罪にしてよいのかも慎重に調べなきゃならぬ。それが嫌なら、役人なんざやめることだ。人の役に立ってこそ、〝役人〟なんじゃねえのか」

伝法《でんぽう》なのは、義父の戸田泰全が乗り移ったようだった。

「どうする。加治さんに言って、役人なんざ辞めると言ってやろうか」

薙左が怒りを含んで言うと、青野はちょこんと頭を下げて、

「私だって、罪を犯した奴は憎い……下手人は地を這《は》ってでも捕らえたい」

「ならば、町奉行だの川船奉行だのと言わずに、力を合わせようじゃないか」

「分かりました」

納得した青野に、薙左も頷き返して、

「で……その煙草入れを誰かに渡した雉兵衛って老人はな、不動尊近くで絵草紙屋をやっている人で、〝金の札〟という騙りにあって、なけなしの金を取られてしまったんだ」

「〝金の札〟……？」

「知らぬか。あまり表沙汰《おもてざた》にはなっていないが、町奉行所の年番方が陣頭に立って、市中取締《しちゅうとりしまり》諸色《しょしょく》調掛《しらべかかり》が密かに探索している」

「ああ、何となくは聞いてました」

「そいつらは組織だって動いていてな、雉兵衛のような老人も、かなり犠牲になっている。金に余裕のある奴らなら同情も半減するが、爪に火をともして生きている人から奪うのは、許しがたいではないか」

「で、そのことと今度の一件が何か……」

関わりがあるのかと、青野が訊いたとき、鮫島が飛び込んできた。

「ここだったか、ゴマメ……いや、これは失敬……早乙女様」

「まだ、私が筆頭与力だってことに、慣れませんか」

「ああ、慣れねえな」

「だったら、ゴマメでも何でもいいですよ」

「そうはいかねえ。役所は、上下の関わりが大事だからよ」

到底、そうは思っていないようだから、薙左は苦笑した。鮫島の声が聞こえたのか、厨房で煮込みや焼き魚を作っていたさくらが飛び出してきた。

「鮫島さん。今日はいい鯛が入ってるよ。鯛飯作ったから、食べてってね。ええと、まずは炊きたてを食べて、後から山葵《わさび》茶漬けにして食べて、それから……」

嬉しそうな顔で出迎えたさくらを、鮫島は止めて、

「分かった。後で貰うよ……それより、早乙女様。お藤さんから聞いたが、心中のことで、ちょいと」

「うむ。今も青野さんと話してたところです」

鮫島は軽く青野に一礼をしてから、腰掛けに座って、

「心中の片割れ……いや、心中に見せかけられて死んだ男の方の身元が分かったんだ。三次っていう両替商『日高屋』の手代だ。もっとも元は遊び人だがな、主人にうまく取り入って、奉公していたらしい」

「三次……そいつが、どうして」

「裏切ったからだよ。今、町方でも調べている〝金の札〟の元締を」

「――へえ……これまた、とんでもないところで繫がったものですね」

「え？」

意外な目になる鮫島に、薙左は神妙な顔つきになって、

「なんだか、雨の中を鯛釣りに行こうとしたのが、妙な縁と相成ったということか」

「…………」

「南町の調べでは、殺された千春の親父さんは、借金をさせられてまで、〝金の札〟を沢山買わされた挙げ句、金を返せなくて自害している……なんとも救いようのない事件ではありませんか」

薙左が深い溜息をつくと、鮫島もつられたように吐息をついて、さくらが運んできた酒をぐいと飲んでから、

「で、〝金の札〟の元締ってのを洗っていたら、意外な人物が浮かび上がった」

「サメさん、それは一体……」

「驚くなかれ。鶴竹松之丞という、あの義太夫なんだ」

「——もしかして、お藤さんの……？」

「ああ、女師匠の師匠だ。上方にいるから、大坂町奉行に手配りしなきゃならないが、江戸は江戸で、松之丞の代貸《だいかし》みたいなのはいるからな」

「誰です、そいつは……まさか亀女じゃないだろうねえ」

「それは違う。松之丞には弟子筋にも隠していた裏の顔があって、どうやら〝金の札〟でぼろ儲けをしていたようだ」

「芸の肥やしは酒や女じゃなくて、金ってわけか」

「竹本、豊竹、鶴澤などという名家と違って、色々と大変なんだろうよ。だから、亀女のような弟子を沢山作って、町人に習い事をさせて、金を吸い上げているのかもしれぬ」

「ふむ……」

「事がうまく運べば、いずれは弟子筋にも、〝金の札〟を売らせようって腹づもりかもな。どう思います、早乙女様」

　何とも据わりの悪い言い草で、薙左を見上げた。

「それにしても、よくそこまで分かったな、サメさん」

「俺の周りには海千山千の人間ばかりでな。蛇の道は蛇ってとこだ」

「では、その三次という奴の身のまわり、篤《とく》と調べてみましょう」

　薙左が言うと、煮穴子飯をばくばく食べていた玉助が、

「三次ってのは知りませんが、両替商『日高屋』の主人なら、知ってやすよ。新両

替町の裏手にある三十間堀町のでやしょ？」

「そうなのか？」

「へえ。あっしも一両ばかり、〝金の札〟に替えましたンで、その店で」

「その店で⁉」

驚く薙左を押しやって、

「おまえッ。一両なんて大金、なんで持ってやがる」

と青野が思わず文句を言ったが、玉助は八幡宮の富籤《とみくじ》が当たったものだと言って、

「どうせなかったものだ。縁起がいいから、一両が十両になったら、万々歳ですからね」

と笑った。

七

三十間堀一丁目にある『日高屋』に薙左が訪ねてきたのは、その翌朝のことだった。店の中から、紀伊国橋に往来する商人や物売りたちの姿が見える。

主人の完右衛門《かんえもん》は初老のおっとりとした物腰の商人で、薙左を丁重に出迎えたものの、〝金の札〟については、まったく知らないと言い張っていた。

「だが、おまえの店で、これを買ったというものがいるのだ」

程村紙のような厚手のものに、『金一両』と記されたもので、岡っ引の玉助から預かったものだと見せた。完右衛門はまじまじとそれを見つめていたが、

「勘違いではございませんか。私どもでは扱っていないものでございます」

すっ惚けているようだが、それは違法なものであることを承知しているからであろう。だが、玉助の話では、この店の主人から直接、一両と引き替えに手渡されたという。

「向島の料理屋でのことだがな、玉助はたまさかおなじ店に居合わせて、この〝金の札〟を買うために集まっていた商家の旦那衆の座敷に間違って入ったらしいのだ」

「へえ……」

「そこで、おまえも一口どうだと勧められて、玉助は富籤に二両が当たったばかりだったので、調子こいて一両分、買ったとか……その話に嘘は感じられないがな」

「だとしても、私は知りません」

「そうかい……」

薙左はじっと完右衛門を見据えたまま、

「ところで、三次の亡骸を引き取りに行ったらしいな。そのまま旦那寺に葬ったそうだが、どうだった」

「どうだった……とおっしゃいますと」

「店の手代が死んだのだ。悲しいとか辛いとか、感慨深いものがあるんじゃないのかい。殺した相手が憎いとかよ」

探るような目になる薙左に、完右衛門は首を傾げて、

「心中ではないのですか？」

「奥村殿が、そう言ったのか、定町廻り筆頭同心の」

「あ、いえ……私はてっきり心中だと思っていたので……本当ですか」

これまた惚けていると直感した薙左は、完右衛門に茶をくれないかと頼んだ。

「あちこち出歩いて、喉《のど》が渇いたものでな」

「これは、どうも気《き》が利きませんで……おい」

完右衛門は手代に言って、茶を持って来させた。その間、薙左は店内の土間をぶらりと歩いて見廻しながら、

「どうして、こんな裏手でやっているんだい。両替町の表通りの方が客が入るだろう」

「いえ。私どものような小さな店では、ここが精一杯です。両替商と申しましても、ご覧のとおり、質屋に毛が生えたようなもの。大抵は、商売をしている方々から担保を預かって、少額のお金をお貸ししているだけです」

「ふうん、そうかい……」

気のない返事をした薙左は、帳場の完右衛門を振り向いて、

「では、この〝金の札〟は担保になるか」

「それは、ちょっと……」

「自分が売ったものを、担保にできないのは、どういう訳だ。担保にする値うちがないってことか、そりゃ」

「――旦那……私は、本当にこのようなものは知りませんし、もし知っていたとしても、怪しげなものは扱いません」

「そりゃ、そうだな。両替商の鑑札をお上から貰って営んでいるんだからな」

「………」

「ところで、雉兵衛って男を知ってるかい」

「雉兵衛……はて。存じ上げませんが」

「おまえさんにかかると、何もかも知らないで済むんだな」

「どういう意味でしょうか。知らないことは知りませんのでね」

完右衛門は、のらりくらりと問いかけてくる薙左に少々、苛《いら》ついた。

「深川で絵草紙屋をやっている男だが、〃金の札〃のせいで、長年かけて溜めた虎の子をすっちまった。可哀想だとは思わないか」

「そりゃ……」

「この紙切れでも、両替商に持っていけば、最低でも額面通りのものが貰えると思っているから、安心していたのだが、期日までは換金できないとよ。ほら見てみな」

〃金の札〃の裏書きに、目に見えないような小さな字で、発行した日から向こう一年、換金はできないと記されている。

「だから、売った本人ですら、金に換えてくれないんだ。だがな、日高屋……必ず五倍か十倍に値上がりすると分かっている〝金の札〟なんだ。おまえさん、この玉助のものを買っちゃくれないか」

「うちが、ですか……」

「ああ。必ず上がるんだ。俺がちょいと調べてみても、大店の若旦那が買っているのと同じだから、間違いはあるまい」

「しかし……それは、できかねます。うちは、そういう……」

「怪しいものは扱わない、だったな」

薙左は、もういいよと〝金の札〟をしまってから、

「これはどうだい。見覚えがないかい」

と煙草入れを差し出した。

「はあ？」

「三次が後生大事に持っていたものだ。死体の帯についていたんだが、返すのを忘れたってんでな、持参した」

「あ、そうですか」

「この煙草入れは、雉兵衛が、鶴竹松之丞から貰ったものらしいんだが、それを三

次が欲しがったから譲ったらしい。どう思う」

「――どう思うって……」

完右衛門は痺れを切らしたように、眉間《みけん》に皺を寄せて、

「旦那……さっきからなんなんです。禅問答をしているんじゃないんですから、はっきりと訊きたいことを、おっしゃって下さいな」

「だから、訊いてるではないか。勘がいいあんたなら、とうに気づいているはずだ」

「………」

「鶴竹松之丞は、江戸に来て、堺町で浄瑠璃興行をした際に、この煙草入れやら財布、手拭いなどを、贔屓筋に配ったんだ。雉兵衛はそのひとりだったんだが、〝金の札〟はその贔屓筋にほとんど買われているんだよ」

「………」

「その代理を江戸でやったのが、日高屋完右衛門、あんただ」

「………」

「表向きは三次が手配したのだろうが、その際、雉兵衛は煙草入れを三次にやったんだ。自分は煙草を吸わないからってな。だが、図らずも、三次が大事にしたがた

めに……あんたと鶴竹松之丞の繫がりが浮かんだ」

「――バカな……そんな煙草入れを持っている奴は、百人もいるのですよ」

「ふうん……百人て数、どうして知っているんだい」

薙左にじろりと見られて、完右衛門はあっと口を閉じた。

「なんだか色々と知ってるようだな……きちんと聞かせて貰えないかな、〝金の札〟のことを……雉兵衛のように、この札を持ってるのはいいが、今日食うための金がなくなって困っている奴もいるんだ」

「……知りません。まったく、困ったお人だ。私は何も知りません。お引き取りをッ」

と強い口調で言ったときである。

のっそりと奥村が入ってきた。妙な笑みを浮かべて、ずいと帳場まで来ると、

「早乙女様……さっきから見ていたが、あなたは意外と、ネチネチと納豆みたいな調べをやるンだな……こういう奴にはよう、こうするのが一番なんだよッ」

いきなり完右衛門の胸ぐらを摑んで立たせ、激しく揺さぶりながら、

「どうするんだ、こら！　ここで店をぶっ潰してやってもいいんだぞ、こら！　心

中に見せかけられた千春ってえ茶屋娘の親父は、〝金の札〟のお陰で死んだんだってな！　でもって、おまえは千春の上客だったそうじゃねえか！　おい！　どうなんだ！」

と問い詰めた。

「お、奥村殿……それは本当ですか。千春がどうのこうの……」

「ああ。こいつが買わせてたんだろうよ。さあ、奉行所へ行くぞ、おら！」

あまりにも激しい奥村の態度に、完右衛門は泣き出しそうになった。だが、決して白状はせず、ただただ、

「こ、こんなことして……後悔するのは……あ、あんたたちだ」

と性懲りもなく言っていた。そういう完右衛門の顔を、薙左は奥村を止めもせずに、じっと見ていた。

八

三次は水茶屋『水嶋』の客で、千春は面識こそあるが、心中をする仲ではないと

いうことが分かった。だが、

——そのふたりを、心中に見せかけて殺したのは誰か。

ということは、謎のままである。もちろん、〝金の札〟絡みであることは疑いのないことだが、元締の鶴竹松之丞が上方から指示を出したかどうかは不明だ。時をかけて、大坂町奉行所からの報せを待たねばならない。

だが、江戸では江戸で、ふたりを殺せと命じた者がいるはずだ。それが、日高屋完右衛門であることは、まず間違いあるまい。しかし、実行した者を捕まえない限り、完右衛門の罪も証《あかし》が立たない。

北町奉行所は、その証人探しと証拠集めに躍起になっていた。

そんなとき、探索上に浮かんだのが——善吉であった。

薙左が、〝金の札〟を買ったという日本橋の呉服問屋『西陣屋』の主人・周左衛門《しゅうざえもん》から事情を聞いていたところ、それを勧めたのは、なんと『宮松屋』の善吉だというのだ。

「それは、本当のことかい。西陣屋」

「はい、そうです。可哀想に……あんな事件に巻き込まれて死んでしまって……でも、本当に母思いの孝行息子だったたんですよ」

「そうかい……善吉がな……」

戸惑う薙左に、周左衛門は誤解をしないで欲しいと手を振りながら、

「言っておきますがね、善吉さんは、〝金の札〟を悪いものだとは思っていなかったんですよ。金《きん》を手元に置かないで、元締が預かってくれているから、その代わりに藩札や米手形のようにして使えると話していました」

「だろうな。誰も、これが悪いもの、だなんて思って買う奴はいないだろう。事実、これを金の代わりに取り引きに使う商人もいるはずだ。問題は、それを本当に換金できるかどうかなのだ」

「はい……私どももそれには少々、困っておりますが、大した金額ではないので、ほったらかしにしております。本当に値が上がったときの楽しみもありますのでね」

「だが、日高屋は知らぬ存ぜぬを押し通している。つまり、おまえたちに騙って、金を集めているだけかもしれぬのだ」

「ええ。しかし……一年前に買ったものは、確かに倍くらいには値上がりしました。

もっとも、それを預けておれば、さらに上がると言われて、換金しなかった人も多かったと聞いておりますが」

「そこが実に怪しい。ま、それはそれで年番方らが調べているが……善吉のことを、今一度、聞かせてくれ」

「はい。何なりと」

「善吉は頼母子講だということを知っていたのかな」

「そうかもしれませんね……とにかく、母親が苦労してきたので、少しでも楽をさせたい。そのことだけを考えて働いているような息子さんでしたよ」

「親に楽をさせたい一心で、悪いことと知りつつ足を踏み外す〝孝行者〟は結構いる。もしかして、善吉も……」

「そんなことはないでしょう」

　周左衛門はきっぱりと言った。善吉のことは幼い頃から知っているが、その名のとおり、常に人によいことばかりをしていた。〝金の札〟が悪いことだと知っていたら、人には勧めていないだろうという。とはいえ、善吉が〝金の札〟を人に売って、自分がその配分を受けたことは事実のようだった。

「でも、早乙女の旦那……それくらい大目に見てあげたらどうです。朝は暗いうちから夜遅くまで、あんなに一生懸命働く若い奴は、今時なかなかいなかった……残された母親が不憫《ふびん》でならないですよ」

善吉がいい息子だったということは、他の商人や知り合いからも聞いていた。疑うつもりはさらさらないが、怪しげな〝金の札〟というものに、わずかであっても関わっていたことに、薙左は引っかかりを感じていたのである。

その小さな棘《とげ》が、一挙に疑いに変じたのは、源蔵という大工の人相書を、改めて検証をしてみてからだった。これは、

——立慶橋の下を通りかかった荷船の船頭が見た。

という証言から描いたものだ。

もう一度、その船頭を当たってみた。房蔵も知っている奴だというので、同行させた。船頭同士、隠していることがあれば、本音を見抜くと思ったからである。

その船頭は、八吉《やきち》というが、薙左ももちろん、二年前の善吉の〝事件〟があったときに、会ったことがある。

「この人相書によって、源蔵という大工が捕まったんだが、雪の日に立慶橋になん

ぞ行っていない、善吉のことなんか知らないと言い張っているのだが……おまえが見たのは、こいつに間違いはないか」

「え、はい……」

「二年前も、川船からじゃハッキリ見えない。しかも夜だった……ということで、奉行所は、この人相書を認めなかった。だが、母親の多江は、この男を下手人だと信じて、源蔵が見つかった今、こいつが下手人だと思い込んでいる」

「そうですか……あっしも、そうだと思ってやす……」

薙左がじっと睨むように見ると、八吉はなぜか目を逸《そ》らした。

「おまえはもしかして……源蔵という大工を知っていたのか？」

「はあ……？」

「おまえのことも、ちょいと調べさせて貰ったが、源蔵とはまんざら知らない仲じゃないようだな……源蔵は船大工もしていたことがあって、おまえのひらた船を直したって話も聞いたぜ」

「だ、誰が、そんな……」

「本人がだよ。あの似顔絵のことは、長らく、誰が何処で見て描いたかは伏せていた。そうしないと、下手人が狙うかもしれないからな、口封じに」

「！……」

「だが、もう年月も経ったし、源蔵は知らないことだと言って、しかも、その夜は、大工の棟梁《とうりよう》が一緒に河豚《ふぐ》鍋を食っていたと思い出したんだ。源蔵は毒に当たって、それから数日、寝ていたんだよ」

八吉はわずかに動揺したものの、

「そ、そうなんですか……だったら、私の見間違いか、似た人だったのかもしれません」

「——ではなかろう」

すべてを見抜いているような薙左の表情に、八吉はそっぽを向いたまま、

「旦那は……何が訊きたいので？」

「実は、源蔵は、『日高屋』って両替商から〝金の札〟を売り捌くように頼まれていたんだ。ああ、奉行所で顔を合わせたふたりは、お互いを罵《のの》しりあいながらも認めた……悪いことはするもんじゃねえな。騙りだと証明されれば、日高屋も源蔵も仲よく小伝馬町送りだ」

「…………」

「おまえは、〝金の札〟をむりやり買わされて、大損をこいた。だが、元金《もときん》を取り戻すこともできなかったおまえは、腹立ち紛れに……雪の夜の殺しの下手人を、源蔵にしてやれ……と思ったんじゃないのか？」

「！……」

「だから、見てもいない男の人相を、奉行所の同心に教えて描かせた。そして……」

　と言いかかった薙左を制するようにして、房蔵が声をかけた。

「八吉さんよ。海や川で仕事をしている奴は、嘘はならねえんだ。船の大小はあっても、板子一枚下は地獄。命を張ってるから、偽りがあっちゃ、てめえが地獄の釜に落ちることになるんだ」

「え、ああ……」

「早乙女の旦那は、あんたを罪人にするつもりで言っているんじゃねえと思うぜ。その事件と、俺たちが関わった〝心中事件〟がどっかで繋がっているかもしれねんだ。本当のことを話しなよ。なあ」

房蔵が優しい声で言うと、しばらく俯《うつむ》いていた八吉はこくりと頷いて、

「あいつは酷い奴だ……源蔵も……死んだ善吉も……」

「善吉も？　どういうことだい」

薙左が身を乗り出すと、八吉は目を閉じて、訥々《とつとつ》と話しはじめるのであった。

九

その夜、番町は戸田泰全の屋敷——。

戸田の部屋に呼ばれた薙左が、いつものように食膳《しょくぜん》を前にして待っていると、妙に愛嬌《あいきょう》のある顔で戸田が入ってきて、いきなり本題に入った。

「済まぬ。遅くなった」

黙っていれば恐いが、婿になってから、少し慣れた。

婿入りといっても、薙左は早乙女を名乗っている。戸田には、娘が静枝ひとりしかいないから、当然、婿を貰って家を継いで貰うつもりだったが、

「御家だの、どうのこうのというご時世ではございませぬ。私は、早乙女薙左とい

う男、この人に惚れたのでございます」

と強引に決めたので、どっちの家を継ぐかということは先送りにして、今は早乙女を名乗っているのだ。この先、圭之助に続いて、二人目、三人目と男の子ができれば、養子にして家を継がせることはできるからである。

「隠居の身とはいえ、色々と耳に入ってきてな……寄合旗本の連中は暇でしょうがないんだろう……隣家の遠山殿は病芳しくなく、しばらく見かけておらぬが、それでも、あれこれと公儀のことが気になるようだ」

「そうですか……」

「ところで、〝金の札〟のことだが、めぼしいネタが入ったか」

「そのことも……ご存知でしたか……」

「まあな。船手があまり深く首を突っ込むことではないと思うが……年番方与力の話では、おまえが見つけたという偽りの〝心中〟事件と関わりがあるそうではないか」

「関わりと言えるかどうか……いわば騙りをした者と害を被《こうむ》った者が、ふたりとも一緒に殺されたということです」

「両替商の日高屋完右衛門は、〝金の札〟を密かに扱っていたのを認めたらしいが？」

「ですが、心中に見せかけた殺しはしていないと言っております」

「そのことについては、町方が調べているのであろう？　三次って男は、元締と言われている鶴竹松之丞と日高屋の繋がりを知っており、さらに後ろ盾がいるのを承知していたらしいが」

「後ろ盾……お義父《ち ち》上……どこまでご存知で……」

薙左が遠慮がちに訊いたのは、戸田はもうあまり関わらない方がよいと思ったからだ。心穏やかに隠居暮らしを楽しんで貰いたいからである。だが、まだまだ脂ぎっている戸田は、ニンマリと笑って、

「寺社地で興行をする鶴竹松之丞を、何かと面倒を見ていたのは、寺社奉行の堀切《ほりきり》能登守《のとのかみ》だと分かっている」

「——寺社奉行……」

「勧進元と鶴竹松之丞は、浄瑠璃という人形芝居だけではなく、〝金の札〟でも繋がっていたわけだな」

「………」

「その事実を知った三次は、自分にももっと分け前を寄越せと言い出して揉《も》めた。でないと、寺社奉行が不正をしていることをバラすと日高屋を脅した。それがために、堀切が手の者を使って葬ったのであろう」

「わざわざ心中に見せかけて……？」

「千春という女は、三次から聞いたのであろうが、やはり寺社奉行が阿漕な〝金の札〟に一枚嚙んでいると知って、目安箱に訴え出ていたのだ」

「！……」

「調べられては困ることが、堀切にはある。だから……」

「殺したと⁉」

薙左は、そんなことで人を殺せるのかと、怒りに打ち震えた。

「驚かぬようだな……」

戸田は含みのある笑みを投げかけてきた。

「は……？」

「いつものおまえならば、『善吉も何か秘密を知ったがために殺されたんですか』

……そう問いかけてきそうだがな。雪の日に、殺されたという事件の方だ」

「………」

「何か知っておるな？」

「いえ、何も」

「本当に知らぬのか。儂《わし》が隠居の身だと思って、軽んじておるのだろうが、北町も粗方、善吉のことも調べ直しているはずだ」

　黙ったまま目を伏せた薙左に、戸田は銚子を差し出した。それを受けて、

「そうですか……でしたら、町方で探索をすればよい話でございます。しかし、船手でも疑義が生じれば、当然、探索をしてしかるべきと存じます。川船に関わることですし」

　と薙左は答えた。

　戸田はじっと見つめていて、

「――町方の先廻りをして調べたいのは……おまえはもしや、善吉のおふくろの気持ちを考えて、本当のことを暴かないつもりじゃないかと、儂は思っているのだが」

「何のことでしょう」

「船頭の八吉が話したんじゃないのか。善吉は、三次と組んで、〃金の札〃を売り捌いていた。その値が五倍や十倍に上がらないと知っていて。それどころか、人を騙《だま》して、金を掻き集めていただけだ」

「………」

「孝行息子が、見知らぬ誰かに、たまさか殺された。だから、二年もの間、懸命に下手人を探していた……なのに今更、母親には見えない所で、なけなしの金を失った人を自殺に追い込むような、酷い悪さに荷担していたなんて、言えないのであろう」

　鼻で笑った戸田は、酒をぐいっと飲んで、

「そう考えているなら、甘いな、薙左……殺した相手を燻り出せば、なぜ善吉を殺したか、此度の偽装心中の事件とどう繋がるか……自ずと分かってくるではないか。さすれば、堀切の悪事もはっきりとして、評定所が裁ける」

「――そのためには、死んだ息子が悪さをしていたと知ってもいいと？」

「やむを得まい。善人であろうが、悪人であろうが、息子は帰って来ないのだ」

「それでは、母親があまりに不憫でございます」

「だから、甘いと言っている！」

「仮に、〝金の札〟を善吉が扱っていたとしても、母親には本当に孝行息子だったのです。誰に訊いてもそう言います。死者に鞭打つような真似はしなくてもいいのではありませぬか」

「………」

「静枝なら、分かってくれると思いますが」

じっと睨むような薙左の顔に、戸田は少し苦笑して、

「あいつは甘くない。まだ嫁の気性も分からぬのか……それにしても、相変わらず、まっすぐよのう」

「──お義父上は、何をなさりたいのですか？」

訝しんで見やる薙左に、

「儂か？　隠居の身であっても、世にはびこる悪い奴を懲らしめたいだけだ」

戸田が言ったとき、廊下から、

「お父上！　圭之助にございます」

可愛らしい声があって、障子が開いた。ちょこんと正座をした圭之助に、先に声をかけたのは、戸田の方だった。

「おうおう、圭之助。じいじの膝へ参れ。ささ、こっちへ参れ」

「ご遠慮致します」

「何故じゃ」

「お祖父様は、いつも父上をいじめておいでです。だから、私は参りません」

「いじめてなんぞおらぬぞ。少しばかりな意見をしておったんだ……薙左。圭之助の奴、この年で、親のことを庇ってやがる。ハハ、頼もしい、頼もしい」

俄に相好《そうごう》を崩す戸田は、まさに好々爺だった。薙左は少しほっとして、

「何か用か、圭之助」

「はい。母上が、船手奉行所から持ち帰った洗い物に、また女物の襦袢があったのですが、それは誰のものかと訊いてこいとのことです」

「なに、襦袢？　知らぬ、俺は知らぬ。いや、本当だ。なんで、そんなものが」

戸田は一向に気にする様子はなく、

「よいよい。つまらぬことで喧嘩をするでないぞ」

「ち、違いますッ。私は本当にッ……」

薙左は立ちあがると、自分で説明をすると廊下に出て行った。その後を、圭之助は子犬のように追いかけるのであった。

そんなふたりを見て、戸田は何が嬉しいのか、大笑いをして酒をあおった。

十

四谷大木戸を抜けようとした浪人ふたりを、番人が呼び止めた。

「待たれい、ご両人」

浪人ふたりはいずれも旅姿で、手っ甲脚絆《きゃはん》に編笠を被っている。顔がよく見えないので、きちんと被り物を取って、往来手形を見せるよう求めた。

「ここで、往来手形をか」

編笠を取りながら、背の高い方が不快な顔色になった。関所ではないから、出て行く方は必ずしも提示する必要はない。が、見せろというからには、何か疑いがあるという意味である。

「まるで科人だな。俺たちが江戸で罪を犯した無宿人にでも見えるか」

と言った途端、

「ああ、見えるな。妙な臭いがプンプンする」

番小屋から出てきたのは——奥村であった。でかい体をのっそりと牛のように動かし、首をゴキゴキと鳴らしながら、浪人ふたりに近づいた。

後ろから、もうひとり現れたが、それは、鮫島であった。奥村はポンと鮫島の肩を叩いてから、

「この人は、船手奉行筆頭同心の鮫島さんだ。此度は、船手と一緒に、江戸市中を色々と調べ廻った。ろくに働いていないのに羽振りのいい奴はいないか、女郎屋や賭場に入り浸っている金持ちはいねえか……ってな」

「何の話だ……」

浪人ふたりは、迫ってくる奥村を見ながら、後ずさりした。

「俺は北町奉行所・筆頭同心の奥村慎吾だ。この名に覚えはないか」

と言うと、ふたりは知らぬとあっさり返したので、奥村は思わず摑みかかろうとした。が、すかさず鮫島が前に出て、

「番屋まで来て貰おう。ちょいと訊きたいことがあるのでな。三次と千春の心中についてのことだ」

と強い語気で言うと、ふたりは一瞬、凍りついた。その表情を見て取るや、

「やはり知っているようだな。浪人の身の上で、深川芸者をあげて遊ぶ金が何処から出たかも訊きたいものだな」

そう迫ると、浪人ふたりは居合い斬りの構えで、するどく抜刀した。だが、鮫島はほんの一拍子か二拍子で、相手を同時に峰打ちで倒していた。

「——どんなものだ。俺様が手を出さずとも、あっさり倒れやがった」

ふたりが倒れるの見て、奥村は言った。番小屋の外で控えていた町方の捕方たちが一斉に取り押さえるのを眺めながら、

「おい、鮫島。これは俺の手柄だぞ、いいな。お奉行にはそう伝えるのだぞ」

「分かってるよ。うちの早乙女様は手柄のために、動いてるわけじゃないからよ。奥村殿も少しは見習ったらいい」

「ばかめ。手柄あってこその御用だ。でなきゃ、寝てるわい」

ブンと刀を振る真似をして、その自分の勢いでまた足下が崩れた。

「御用だというのに酔ってるのですかな？　まずは酒癖を直すのが先ですな」

お縄になった浪人たちに随行して、鮫島は彼らを北町奉行所に引き渡した。

奉行の井戸が、鮫島に丁重に礼を言った。面識は一度もなかったが、戸田を介して人柄を聞いていたから、一見して、気持ちが通じたような錯覚に落ちたのか、

「鮫島殿には奉行所の捕り物について、色々とお世話になっておるようだが、ぜひにでも、町方に来てくれぬか。遠い昔は、町方の飯を食っていたとか」

と誘った。

「有り難い話だが、それはお断りする。俺はあんな年下の若造……もう若造でもありませぬが、そいつの下で働くのが気楽でね」

「それで、よいのか」

「ああ。それに、〝吹きだまり〟と呼ばれている船手の方が、性に合ってる。もっとも、新しい奉行は代えて貰いたいがな」

「なるほど。それも心得ておこう。今後ともよしなにな」

「あまり関わりたくねえな」

鮫島は率直に言ったが、妙に気持ちはさばさばとしていた。

その日の詮議で、浪人たちは、三次と千春を〝心中〟に見せかけて殺したことを白状した。芋《いも》づる式に、あと三人、ならず者も手下に使っていることが分かった。すべて、日高屋完右衛門に命じられてやったことだと証言した。

完右衛門はそれでも知らぬ存ぜぬを通した。だが、三次が完右衛門を脅していたこと、千春が父の死を訴えていたこと、浪人が何処でどう殺しの指示をされたか具体的であったこと、浪人ふたりは完右衛門の用心棒であったことなどから、罪は揺るぎないものと思えた。

やがて、大坂町奉行所からも早飛脚が届いて、江戸の〝金の札〟については、日高屋完右衛門に一切、任せていたことが明らかになった。

完右衛門はお白洲で責め立てられた。もはや、言い逃れはきかぬと思ったのであろう。完右衛門は苦悶の表情で、

「すべては、寺社奉行の堀切能登守の命令によるものです」

と吐露した。

往生際の悪い堀切は、評定所の調べに対して、これまた一切知らぬと証言を拒絶しているが、いずれ時が解決するに違いない。

もっとも、〝金の札〟が騙りにあたるかどうかは、幕閣内でも意見が分かれており、鶴竹松之丞には所払い、日高屋は殺しの咎で死罪の上、家財闕所《けっしょ》が付加された。もちろん、手を下した浪人たちも死罪である。

十一

今日も――。

多江は立慶橋の袂に立って、橋の上を往来する人々に、文を渡しながら、

「私の息子を殺した人を見ませんでしたか。心当たりはありませんか」

と訴えるように、繰り返して訊いていた。しかし、もう二年も前のことであり、夜のことである。万が一、見たとしても記憶に残っているかどうかも怪しい。

その上、高札場にまで掲げた人相書が嘘の証言によるものだと分かって、人々の関心も薄れていっていた。もちろん、善吉が〝金の札〟に関わっていたことは、まだ多江の耳に入っていないが、いつかは知ることになるであろう。

それでも、殺しは別の話だ。多江は雨の日も風の日も、息子を殺した下手人を探

し出すために、毎日、橋の袂に立っていた。何かに取り憑《つ》かれたような姿に、往来する人は目を避けるようになっていた。

「おばさん。目障《めざわ》りだよ。こっちの商売の身にもなってくれよ」

橋の袂の茶店の主人が声をかけた。

「同情はするけど、あんたがずっとそこにいるお陰で、客が寄りつかなくなるんだよ。人の迷惑も考えろっつうんだ」

すると、多江は寂しそうな目になって、

「申し訳ありません……でも、私の息子は死んだんです……人に殺されたんです……あなたにだって、女房子供がいますでしょ……殺されたら、どう思いますか」

「勘弁してくれよ、おい……下手人を見つけてどうするんだよ。そいつが獄門にされたところで、息子は帰ってくるめえ」

不用意に言った主人の言葉に、ほんの一瞬、多江は目がぎらりとなった。主人もわずかに険悪な目になって、

「なんでえ、その面はよ」

「もしかして……あんたが殺したンじゃないのかい……いつも親切ごかしで、情け

をかけてくれてたけど、本当はあんたなのに、誰か他にいるようなふりをして……」

「いい加減にしろッ。八つ当たりをするのも大概にしやがれ！」

「八つ当たり……？」

「ああ。そうだよ。噂じゃ、おまえの息子は〝金の札〟を使って、人を騙してたってえじゃねえか。そういや、俺も勧められたことがあった。こちとら、金がねえから断ったがよ。どうせ、人の恨みを買って殺されたのかもしれねえなあ」

毒づいた主人に、橋を渡ってきたお藤が、

「よしなさいよ。なんて酷いことを」

と声をかけた。

薙左も一緒であった。ふたりとも、どことなく陰鬱な顔をしている。道中、師匠が悪事に加担していたことを知った鶴竹亀女が悲嘆にくれていることを話していたのもあるが、やはり、多江のところに行くことが、ふたりをそんな表情にさせたのだろう。

いつもと違う雰囲気を察したのか、多江は不安な目になって、

「早乙女の旦那……〝金の札〟ってのは、どういうことだい……私、何のことだか分からないけれど……うちの息子、何か他人様に言えないようなことでも……」

「やってないよ」

きっぱりと断じた薙左がチラリと茶店を見やると、主人は気まずそうに引っ込んだ。お藤は多江の手を握ると、

「今日は帰りましょう……薙左さんが、話があるって」

「え……」

「立ち話でできることじゃないのでね」

「まさか、うちの子が……」

「そうじゃなくて、下手人が見つかったんですよ」

「ええ!?」

多江は思わず喜びの声をあげたが、茶店の主人も驚いて見ていた。

「あの人相書の男ではない、別の男が見つかったんだ」

「だ、誰ですか……それは……!」

お藤は優しく声をかけながら、湯島天神下の『宮松屋』まで帰った。

薙左は仏壇の位牌に線香をあげてから、おもむろに多江に向き直って、

「――下手人は……清太郎《せいたろう》という飾り職人だった。神楽坂にある長屋で、女物の笄《こうがい》や簪《かんざし》を作っているんだがな、まだ二十歳そこそこの若い奴だ」

「はい……」

「実は、ゆうべ、船手の俺の所に、お恐れながらと訪ねて来たんだ……『雪の夜、立慶橋で起きた事件は、私がやりました。お縄にして下さい』と」

衝撃を受けつつも、喜びの表情にはならず、多江はじっと耐えるように、薙左の話を聞いていた。

「その清太郎という男は、立慶橋近くにある武家屋敷の奥方に頼まれた簪を届けた帰りのことだった……橋の袂で、あんたの息子と激しくぶつかったらしい。お互い傘もさしていなかったが、俯いて小走りだったのだろうな」

「………」

「暗くて、出会い頭のようにぶつかって、『やろう、どこに目をつけてやんでえ！』とお互いが言い合ったらしい。ふたりとも仕事に疲れていて、家路を急いでいたのもあって、何気なく言っただけなんだろうが……」

「……………」

「ちょっと揉み合いになったが、若い清太郎の方が気を取り直して謝ったらしい。だが、善吉の方がしつこかったので、思わず突き飛ばしたというんだ」

「嘘だよ。善吉が死んだと思って悪者にして……なんだい、そいつ！　お恐れながらと出てきたのなら、とっとと死罪にしとくれな」

「心配しなくても、そうなるだろうよ」

当時は、〝過失致死〟の概念が乏しいから、人を殺せば死罪だった。もちろん、罪を減じて欲しいと嘆願があったり、町奉行の慈悲で死罪を免れることもあったが希《まれ》だった。

「そんな奴、人を殺して逃げ廻ってた奴なんか、鋸《のこぎり》でひいてやりたいよ」

「だろうな……だが、そいつがお上になかなか出てこなかったのには訳があるんだ」

「聞きたかないねえ、そんな話」

「そう言わず、どうせ死罪になるんだ。あんたに会って、謝りたいって言ってる」

「……………」

「清太郎には、肺病を患っていた母親がいた……身動きもろくにできず、寝起きをさせたり、物を食べさせたり、下の世話まで、息子がやっていた。父親はもうとうの昔に、女を作って逃げたらしいんだがな」

薙左が淡々と話すのを、多江は顰《しか》め面で聞いていた。

「あんたの息子を突き飛ばしたのは事実だが、まさか死んだとは思ってなかった。でも、自分のせいだとしたら大変なことをしたと、すぐにでも、お上にお恐れながらと出るべきだったが、そうすると……寝たきり同然の母親がどうなるのか、薬代はどうするのか……などと心配になった」

「知らないよ……」

「どうせ母親の命は持って半年……早まれば三カ月くらいかもしれぬ。そう医者に言われていたので、ではせめて、母親が死んでから、申し出ようと決めたらしい」

「…………」

「息子が人殺しだと思いながら、母親を死なせるのも不憫と思ったのだ……ところが、清太郎の献身のお陰で、思いがけず母親は長らえた……死んだのは、つい十日程前のことだ」

「え……」

「葬式と初七日を済ませたからと、清太郎は俺の所に出向いてきたんだ。これで、安心して罪をあがなって、母を追うことができる……そう言ってな」

「……自分勝手なこと言うんじゃないわよ」

「ああ。本当にそうだな。でも、死ぬ前に、あんたに一言、謝りたいって言ってる……これまでも、何度か『宮松屋』の前に出向いて、謝ろうと思ったが、もしバレたら、母親がどうなるかと心配で、ためらったそうだ」

「…………」

「あんたの言うとおり、自分勝手な言い分には違いあるまい。だが、善吉がそうであったように、清太郎って下手人もまた孝行息子ではあったんだ……」

薙左は静かに言った。そして、こう付け加えた。

「その夜、本当に疲れていたせいか、親知らずがズキズキと痛んでいたそうだ……だから、つい乱暴な声を発したとか。善吉がどう言ったかは、確かめようがないが……お恐れながらと出てきたんだから……多江さん……あんたも、もうあの橋に立つことはない」

「………」

「下手人を許してやれとは言わないが、もう恨むのはよしたらどうだい。善吉だって、そんな母親の姿は、いつまでも見ていたくないだろうからな」

多江の肩に、お藤がそっと触れた。

ゆっくりと目を閉じた多江は、深い溜息をついて、長い間、俯いていた。そして、止めどもなく流れる涙を拭って、

「……その清太郎とやらに、謝って貰いますよ……会って、謝って貰います」

そう言って、また涙を流した。その熱い涙は、心の奥で許している証ではないかと、薙左とお藤は感じていた。

後日――。

清太郎が死罪だけは免れたことを、多江も静かに喜んでいたという。

第三話　三尸《さんし》の虫

一

いつものように、ひと仕事を終えて、鉄砲洲稲荷前の『あほうどり』に立ち寄ると、酒粕《さけかす》を沢山貰ったから甘酒にしたと、さくらに差し出された。余ったものは餅《もち》のようにして焼いたり、粕漬けに使ったという。

それで店内が酒臭いのかと思った。もっとも居酒屋だから違和感はないが、薙左は好きな匂いではなかった。第一、「滓《かす》」という響きがいやではないか。人間の屑とか滓という言い方がされるが、たしかに余り物であることに違いはないだろう。

「ばかね、薙左さん。酒粕はとっても体にいいのよ。人の体に必要な滋養が沢山入

って て。上澄みのお酒の方がよほどよくないんじゃなくって？」

しっかりと飲み屋の女将が堂に入っているさくらの姿に、薙左は思わず涙が零《こぼ》れそうになった。というのは……薙左が戸田の娘と一緒になることが分かったとき、

——実はずっと、あなたを思い続けていた。

と告白されたからである。そして、どうしようもないことが分かったとき、さくらはキッパリと諦めた上で、誰の嫁にもいかないと決心したのだ。いつまでも、薙左の側にいて見守ると言ったのだ。

むろん、薙左はそんなことはやめろと言ったが、お藤から店を引き継いでから、ずっと薙左を見つめていた。一介の同心から、筆頭同心、そして戸田が退官してから、船手与力になって、筆頭与力になるまで、薙左の背中を眺めていたのだ。

「お酒がそんなに飲めない薙左さんだけど、ここには毎日、顔だけ見せに来てね」

と健気に言ったのを思い出したのだ。

「泣きたくなるくらい嫌なら、あげません。飲まないで結構です」

ぷいとなって厨房に引っ込もうとした。

「あ、待って、さくら」

「はい？」

今度は急に嬉しそうな顔になった。

「時々、俺の洗い物に襦袢が紛れ込んでるんだが、あれは……」

「私ですよ。奥様を焼かせようと思って」

「え……」

「嘘ですよ。そんなの知りません。まったく、なんで私がッ」

また急に怒る。まだまだ若いから、すぐに感情を出す。それでも、女将に見えるのは島田に結《ゆ》った豊かな髪が、本当の年よりも上に見せて、肌にも女の艶が出てきたからであろうか。

「なんですか、その嫌らしい目つきは」

二階に続く奥の階段から、お藤がおもむろに出てきた。

「おや、来ていたのですか」

「悪いですか。まだ家主は私ですから」

「あ、そうでしたね」

袢姿で、髪には紫色の小さな被り物をのせている。妙ちきりんな格好は、またぞろ義太夫を聞かせるためであろう。

近頃は、色々な座敷に呼ばれて、ちょっとした売れっ子芸人気取りである。もっとも、人づき合いのよいお藤だから、商家の旦那衆や職人たちが余興で呼んでくれているだけなのだが、お藤は一端《いっぱし》の女義太夫になったつもりで、朗々と演じるのである。

「たまには薙左さんも観に来て下さいな。案外と楽しいものですよ」

「俺にはそんな趣味はない。非番のときは、ぼさあっと磯釣りでもしている方がいい。ほら、今日も鯊《はぜ》を沢山釣って来てやったよ」

魚籠《びく》を置いて、勝手知ったるとばかりに厨房に入って酒を求めようとすると、

「いけませんよ。ここは、さくらちゃんの本陣、店は合戦場ですからね、気易《きやす》く入らないで下さいな。では、私もイザ出陣と参ります。ささ、道を開けて、開けて」

肩で風を切って表に出ていった。

「……なんだ、お藤さん。すっかり熱を上げてしまって。何を考えてるんだ」

「薙左さんこそ、何を考えてるんですか」

厨房から、さくらが声をかけた。

「お藤さんが余計なことに精を出すのは、薙左さんが男として、きちんとしないからじゃないんですか」

「きちんとって……」

「私のことをです。日陰の女でもいいんです。こんなこと、女に言わせないで下さい」

「あ、あのな……」

「嘘ですよ。薙左さんが困る顔を見たいだけ。うふふ」

本気なのかそうでないのか、大人びた言い草で薙左を責めるような目つきで見た。そんなさくらを見ながら、ここにいては分が悪いと思って、

「あ、そうだ。酒粕が好きな人がいるのだ。それ貰っていこう」

「本当ですか」

少し嬉しそうになったさくらに、薙左は頷いた。

「ああ。酒粕や甘酒が大好きというお人がな」

「誰ですか、その人は……」

「うむ。元は私の上役で、今は孫を相手に優雅な余生を暮らしているお人だ。もっ

とも、まだ余生というほどの年でもないがな」

「戸田様のことですか」

「そういうことだ」

秋晴れの一日を、昼日中から、酒を飲むわけにもいくまい。だが、甘酒ならば丁度よいかもしれない。

「それより……しばらく顔を見ていないから、世之助《よのすけ》さんに届けて、一杯やるとするか」

薤左はそう考えを変えた。

世之助は、船手奉行所の水主頭として、薤左を若い頃から支えてくれた船頭である。元は、御召御船上乗役という船手頭配下の役人だった。本名は上杉世右衛門《うえすぎよえもん》である。だが、戸田泰全の人として奉行としての魅力に惹《ひ》かれて、武士を捨て、水夫頭に徹していたのだった。

二年ほど前、薤左が筆頭与力になるのを見届けるように、船手奉行所を辞めた。まだ隠居する年ではないが、長年酷使した体が持たないとのことだった。きっと暇をもてあましているに違いあるまい。役所に勤めていた頃は、何もかも薤左の仕事を背負ってくれて、自分が面倒を被るという、いかにも役人の鑑《かがみ》のような男だったが、それが決して押しつけがましいことはなかった。

今は、昔の仲間だった御家人や船手の水主たちの集まりに顔を出すくらいだと聞いている。そんな集まりでも、元は腕利きの町方与力や同心、勘定や支配勘定など財務に長《た》けた者、普請奉行や道中奉行などさまざまな役職についていた者たちばかりだから、しぜんと幕政についての話になった。

時に、元部下たちに苦言を呈するために、意見書を出したり、懇親会と称して幕政への提案をしたりしていたが、〝現役〟の役人たちからは、

——もう隠居したのだから、黙っていてくれ。

と思われていた。とはいえ、面と向かって元上役に向かって非難はできないから、曖昧《あいまい》な態度でもてなされた。

それをよいことに、しつこくすると元部下に嫌われるのがオチだ。だが、世之助は船手奉行所に勤めていた頃から、大した意見も愚痴《ぐち》も言ったことがないから、引退してまで文句を言うことはなかった。

世之助は深川の富岡八幡宮近くの拝領屋敷に住んでいた。かつて上杉家が、公儀

から借りていた所だという。

「ご無沙汰です。世之助さん……たしか、これが好きだと思って持ってきました」

と薙左が甘酒と酒粕を手渡そうとすると、ほんのわずかだが不機嫌な顔をされた。

「なにか……？」

「皮肉ですかな、薙左様」

「様……はないでしょう、様は」

「いえ、たとえ役所を離れても、あなたは元は上役だ。そこのところは、分別はありますよ。でも、どうせ私は酒粕ですよ……ええ、今日もその会がありましてね」

「ああ、そういえば……」

薙左は思い出した。引退した役人の集まりは『酒粕の会』と呼ばれている。自分たちは色々と汗水を流しきった搾り粕のようなものだが、その粕にこそ沢山、世の中に役立つことがある。人助けをしながら余生を暮らそう。自分たちのできることを、小さなことでもやろうという趣旨で作られていたものだ。

『酒粕の会』のお陰で、それまで交流のなかった人々とも、つきあえるようになったと喜んでいる御家人たちもいる。世之助もそんなひとりだった。自嘲《じちよう》気味に、

——酒粕侍。

と卑下したように呼ぶ者もいたが、なかなか滋味ある侍が多かった。

まさに、搾り滓を集めたような予算の中から、様々な活動をしていた。現代で言えば、退役軍人によるボランティアであろうか。自分たちの暮らしぶりも贅沢とは無縁で、酒粕を楽しむような集まりなのである。

「世之助さん……俺はそんなつもりはみじんもありませんよ、酒粕だなんて……大好きな清酒もちゃんと、ほら」

と徳利を掲げてみせた。薙左もいつかは、『酒粕の会』の仲間に入ることになるのだろうが、今はまだ酒を楽しみ、釣りを楽しみ、たまには綺麗な姐《ねえ》さんのいる水茶屋でも遊びたい。だが、世之助は一度も、誘いに乗ったことはない。

それどころか、近頃は、

——上に物申す。

という姿勢を持つようになってきた。本来、御家人だったから、幕臣であることに目覚めたのかもしれぬ。いつぞや、薙左がその理由を訊いたことがあるが、

「現役のときならば、上に迷惑がかかるし、こっちも首がかかってしまう。しかし、

一旦、お役目を離れると、悪い所は見えるし、文句を言っても首を切られる心配もない」

そう世之助が返してきた。それを聞いたとき薙左は、

――そんな真面目なことを考えていたのか……日和見《ひよりみ》の世之助さんとは思えない。

と感じたものである。しかし、それは、『酒粕の会』の面々の影響かもしれない。色々な幕府の役所についての批判をして、改善するように訴えるという使命もあったからだ。

たとえば、最近、勘定奉行が代わったがために、厳しく財政を調べていた勘定吟味役が煙たがられて左遷されるという事態が起こった。それに対して、『酒粕の会』が意見陳述書を老中宛に出したことがある。現役のときであれば、上役を飛び越えて、老中や若年寄に訴えることなど不可能だったのだ。

改めて、世之助を見れば、年の割にはなかなか壮健で、剣術も実は腕がありそうだった。もしかしたら、ずっと表に出さなかっただけかもしれない。日和見の人は周りからバカにされるが、実は何が大切かを一番知っており、事を収める術《すべ》をよく分かっているのかもしれない。

財務に関しても、隠居して『酒粕の会』に通うようになってから、よく考えるようになったという。自分たちは百姓の血税によって生かされていたことを感慨深く思うようになったのだ。

ゆえに、決して無駄にしてはならない。まさに、酒粕のように搾り取っているのがお上だとするならば、それを上手《うま》く使うのも、お上の務めだ。それが、世之助の思いだと知って、

──なんだか別人のようだ……。

と感じたとき、奥から若い女が顔を出した。

若い嫁でも貰ったのかと、薙左は一瞬、思ったが、

「あの……」

「そうじゃない、薙左様……カジスケやサメさんにも黙っていたことだが、俺はまだ御家人だった頃、ある女と一緒に暮らしていて、これは……その女との間にできた娘なんだ」

「あ、そうだったんですか……」

「戸田様だけはご存知のはずだが……ああ、絹代《きぬよ》というんです」

世之助は絹代を座らせて、

「何度も話したことがあるだろう。戸田泰全さんの義理の息子になられた、あの薙左さんだ。随分と色々な仕事をさせて貰った」

絹代は丁寧に挨拶をしたが、どこか目が鋭い。まさに武家の女という雰囲気である。聞くと、母親も気丈な武家娘で、世之助とは祝言を挙げてはいないが、夫婦同然に暮らしていたことがあったという。

「類は友を呼ぶといいますが……まあ、本当でございますね」

意外な言葉を、絹代は吐いた。どこか、人を小馬鹿にした感じがする。

「もっとも、船手奉行所なんて、〝吹きだまり〟と呼ばれていて、町方の足手まといとも言われてますものね。やる気がない人が選ばれるのでしょうね」

と会った途端に、嫌味を言われた。どういう女だと、薙左は思ったが、娘だということだし、何も言わなかった。

「母を捨ててまで、そして御家人を辞めてまで、男がかける仕事でしたのかね、船手なんて……私には分かりません」

何を言っても、世之助は絹代を叱ることはなかった。

「そういえば、元々、世之助さんは婿養子でしたね……俺と一緒だ。それで……」

　薙左が言いかけると、絹代の方が、

「正式にではありませんがね。それが何か？」

　と問い返してきた。薙左は何でもないと首を振ったが、

「船頭ふぜいに好んでなった父は、長らく、母に頭が上がりませんでした。そして、私にも……船手奉行所でもそうだったようですが、今も『酒粕の会』でおべんちゃらばかりを言っているでしょうから、一生、米つきバッタみたいに過ごすのですね。でも、それが父にはお似合いです」

　などと絹代は返してきた。きつい娘だなあと、薙左は改めて思った。

　だが、そんな酷いことを言われても、当の世之助は慣れているのか気にしている様子もなく、狭い庭で遊んでいる孫の政吉《まさきち》を、「目に入れても痛くない」とばかりに愛《いと》おしそうな顔で眺めていた。政吉はまだ二つか三つくらいで、屈託のない笑みを浮かべている。薙左は、圭之助がこんなときは、すぐに過ぎてしまったなと感慨に耽《ふけ》った。

　世之助も戸田のようなにやけた顔で孫を眺めていたが、薙左を振り返ると、

「私はねえ、薙左様。余生は、〝目安箱〟の役目になろうと思うのだよ。上様が作った〝目安箱〟のようにね、幕府の色々な問題に率直な意見を言うことが大事かとな」

薙左がぼんやりと世之助の顔を見ていると、絹代が声をかけた。

「父上、今日も下らぬ愚痴御家人たちの集まりですか？」

「まあ、そう言うな。それなりに役に立っているのだ。今更ながら思ったよ、人の役に立つのが、役人だってな、ふはは……なので、薙左様。またゆっくり……」

と絹代を振り返ることもなく、政吉の頭をなでると、世之助はそそくさと組屋敷から出て行くのだった。

二

今般の『酒粕の会』は柳橋の船宿で執り行われた。時に、客人を招いて講話をして貰うのだが、その際は、ここ『美与志《みよし》』に集まることになっていた。幹事役の与力の〝囲い女〟が女将をしているからである。

講話をするのは、勘定奉行・串部主計亮に、切米手形改に左遷されたばかりの元勘定吟味役・大久保《おおくぼ》頼母《たのも》である。

穏やかな顔つきで、いかにも文官らしい物腰の大久保は、清廉潔白の士として幕府内でよく知られていた。だが、融通がきかない堅物であることもまた、よく噂されていた。勘定吟味役だから謹厳実直な人物であることはよいことだが、

――懐紙一枚の不足でも追及する。

という厳しさなので、老中や若年寄ですら煙たがっていた。切米手形改も旗本職で重要な役職ではあるが、勘定奉行を監視する役目である勘定吟味役から見れば、明らかに左遷である。しかも、老中が人事を決めるのであるから、串部からなにかしらの上申があったからこそだ。

ふだんはもっと安い居酒屋か、与力の組屋敷で行われたが、旗本を招くとあって、〝貧乏所帯〟の『酒粕の会』も奮発したのである。いつもと違う雰囲気に、却《かえ》って、一同は緊張が和らいでいた。

とはいえ、浪人や無頼者の集まりではないから、継裃というでたちで、講話の後は、一同揃って酒席を楽しむというものであった。しばらく懇談した後、

「さて、大久保様をお招きした上で、今日の本題に入りたいが……」

と肝煎《きもいり》役の元町方与力の桧《ひ》垣又八郎《がきまたはちろう》が威儀を正した。ふだんなら、孫や嫁の話でもして談笑のまま終わるところだが、

「此度の一件……勘定奉行・串部主計亮が公金横領をした疑いがあったが、大久保様が追及したことから、左遷されました。ついては、その是非を論じて貰いたい」

と慎重な口調で言った。串部主計亮とは、船手奉行の左馬亮の父親である。

「むろん、ただの噂話では意味がない。『酒粕の会』の意見として、上様直々《じきじき》に上申するつもりである」

上様という言葉に緊張が走った。もちろん、御家人は直に将軍には会えない。そこを、大久保を支持する旗本が伝えることになっているのだ。ゆえに、真摯に話し合って、改めるべきところは改めろということを、串部を越えて、将軍もしくは幕閣に突きつけるのである。

侃々諤々《かんかんがくがく》、様々な意見が飛び交った。役職を利用して、私腹を肥やしているとしか思えぬ串部の所行には許し難いものがあると、みな怒りに感じていた。

そんな中で、世之助はほとんど口をきくこともなく、酒を口にすることもなく、

黙って会の様子を見守っていた。いや、心に秘めたものはあるようだが、他の人たちの発言に勢いがあるので、怯《ひる》んでいたのだ。

「上杉殿。おぬしも何かないか。船手奉行所にいたではないか。それもまた、正義感がなければできぬ仕事だ」

と桧垣が声をかけた。

この会では、世之助の本来の姓である上杉で呼んでいたのだ。すると突然、

「大久保様……元勘定吟味役として、ご意見を賜《たまわ》りたいと存じます」

と世之助は背を伸ばした。

「おいおい、上杉さん。そんなに恐縮することはない。むろん大久保様は今もお役目に就いておられるが、この『酒粕の会』は身分の上下は関わりなくだな……」

「承知しております。では、遠慮なく伺いますが、勘定吟味方改役並の佐藤慶二郎《さとうけいじろう》という者をご存知でしょうか」

勘定吟味方改役並は御家人の役職である。

「もちろん知っておる」

「佐藤は私の母方の親戚にあたりまして、下勘定所を経て、吟味方を一筋に務めて

いた者でございます。隠居まではまだ七、八年はあると思いますが、先般、病にて死にました」

「そうであったな……」

「しかし、その病というのは嘘で、切腹して果てたのでございます」

その世之助の言葉に、一座に不穏な空気が張り詰めた。

「遺書がありました。それを私が、北町奉行の井戸様を通じて、御老中の大沢出雲守《おおさわいずものかみ》様にお渡ししたはずですが、なぜか病死扱いにされてしまいました」

「そんなことが……」

一同が俄にざわめいて、誰かが訊き返した。

「ま、まことのことですか、世之助さん」

今度は、親しみを込めてのことか、下の名で呼ばれた。

「はい。井戸様がきちんと届けてくれたかどうかは、まだ確かめたわけではありませんが、私に何も言って下さらないのは、もしかしたら井戸様も病死を認めたことになるかと思います。遺書はきちんと読んだのですから」

「なるほど……」

桧垣は元北町の与力だから、井戸が意外としたたかな人間であることは承知している。何か不都合があって、老中と折り合いをつけたのかもしれないと感じて、

「その話が事実ならば、見過ごすわけには参りませんな。一度、私からも探りを入れてみましょう」

「できますか、それが……」

「倹約令ではとにかく、筆や墨、箸の一本をも倹約せよと奨励されました。だからこそ、隗《かい》より始めよの心がけで、大久保頼母様は実践してきただけです。その際に、自らが率先すべき勘定奉行が、私腹を肥やしていたとしたら、これは勘定吟味役とすれば当然、取り締まるべきことです」

「さよう」

大久保は真剣な顔で頷いた。そして、自分もそうしたつもりだと言った。

「慶二郎……佐藤慶二郎は、あなた様が正しいことを裏付けるために、証拠を集めようとしたが、どれもこれも潰され……きちんと調べてくれるよう我が身をもって訴え出たのです」

「そうだったか……佐藤……さぞや無念であろうな。それは、私も同じ……」

「ならば、大久保様。私たちと一緒に、勘定奉行の串部様の不正を暴こうではありませぬか。でなければ私は……」

世之助らしくなく感極まって、

「慶二郎に合わせる顔がありませぬ。のらりくらりと、その日一日が無事に過ぎればよい役人暮らしをしてきた自分が、あまりにも情けなく無様です」

「………」

「それに、串部様が私腹したものはすべて、民百姓の血税ではありませぬか……普請や作事に莫大な公金をかけているのも、とどのつまりは、自分への見返りでございます」

「まさに、おぬしの言うとおりだ」

「幕府は、上米の制度まで作って、諸藩に無理強《じ》いをしております。天災飢饉に喘《あえ》いでいる所もあります。なのに、幕府自体があまりに酷いとは思いませぬか」

まるで取り憑かれたような形相《ぎょうそう》になった世之助の雰囲気に、一同は凍りついた。この会に来ても、いつも曖昧な笑みをたたえながら片隅で甘酒をすすっていただけの男が、火山のように噴火したのだから、驚いて当然だった。

「やはり、おぬしも、串部様が悪いことをしていると思うのだな」

桧垣が問い返した。

「はい……」

「だが、直に申し上げても、相手にしてくれぬのではないか。〝目安箱〟を重んじる上様といえども、簡単に傾聴してくれるとは思えぬ」

勘定奉行のような高級旗本の不正を暴くということは、幕府が自ら幕臣を裁くということになるからだ。

「だからこそです……私たちは隠居をしたり無役になったりした身分。正式な役職にない者たちだからこそ、上様や幕閣に物申せるのではありますまいか……そういう忌憚《きたん》のないことを言う集まりなのではないのでしょうか」

「そのとおりだ」

大久保は自らも鼓舞されたような目で、一同を見廻した。

「上杉殿。私も覚悟ができましたぞ。かつての部下の切腹を無駄にしたくない。『酒粕の会』のご一同は、まさに百人の味方でござる。なんとか、大きな壁を……蟻の一穴でよいから貫きとうござる」

世之助だけではなく、他の者たちも意気に感じたのは事実だが、少しずつ、

——大変なことになりつつあるぞ。

という思いも広がってきた。

たかが隠居した御家人連中が、刃向かえる相手ではなかった。下手をすれば、自分たちにも大きなとばっちりがきて、悠々自適な隠居暮らしとは縁がなくなるかもしれない。そう考える者も出てきたようだが、この場では反論できる雰囲気ではなかった。この場限りの話で終わって欲しいと願っているようだった。

寄合が終わった後、桧垣が近づいてきて、さりげなく世之助に耳打ちをした。

「あまり本気になるなよ」

「は……？」

「大久保様はこの会で、自分が左遷されたことへの鬱憤晴らしをしているに過ぎない。本気で事を起こしたら、それこそ大久保様は今の職も辞さねばならぬし、俺たちの立場も……分かるな、世之助。『酒粕の会』は所詮《しょせん》、酒粕の集まりなんだ。清酒どころか濁り酒にも戻れぬ」

「……あ、はい……分かっております……」

「なら、いいのだ」

「柄にもなく、済みませんでした」

「本当に柄にもなくだ。おまえは船頭に成り下がったのではなかったのか」

「も、申し訳ありませんでした……」

と謝ったものの、世之助は愕然《がくぜん》となった。生き残っている大久保はいいが、不正を問い質《ただ》すために自害までした慶二郎のことはどうなるのだと、悲嘆に暮れた。

三

勘定奉行の不正を暴くどころか、慶二郎の死までもなかったことにされた上に、幕府のお偉方は何食わぬ顔で過ごすのかと思うと、暗澹《あんたん》たる気持ちになると同時に、怒りが込み上がってきた。

だが、正義を全うするなどということは、自分でも言ったとおり、柄ではない。おとなしく、孫の相手をしながら、好きな小唄《こうた》でもたまに歌って平穏な日々を過ごすのがよい。

そう思い直しながら屋敷に帰ると、いつもの笑顔で政吉が飛びかかってきた。

「おじじ様……お馬さん、パカパカ……」

「おう、そうか。だが、今日は少し疲れておってな。あした一緒にやってやろう」

「今、やって」

「そうか……仕方がないな……」

部屋に入って、裃から普段着に着替えていると、絹代が廊下から来て、

「甘やかさないで下さい、父上。駄目なときは駄目と、きちんと断って下さいませ」

「そうか。そうだな……」

「はい。これから手習い所の師匠のところに参りますれば」

「手習い所？　まだ、三つになったばかりではないか」

「三つ子の魂百までと言います。読み書きが早いに越したことはありません」

「おいおい……まったく、母親にそっくりになってきたな。もっとも、文江《ふみえ》はおまえほど厳しくはなかったが」

上杉家は代々、婿養子を取っている。絹代には、同じ御家人の田原《たはら》家から義伸《よしのぶ》と

いう畳奉行配下の者を貰った。だが、絹代とは折り合いが悪く、離縁をしたわけではないが、義伸は実家から役所に通い、顔を出すのは月に一度か二度である。

そんなことから、絹代はいつも心がささくれだっているのかもしれないが、当たるのが子供にではなく、自分であることがまだマシかと思っていた。

「母上は厳しくはありませんでしたが、父上のことを褒めたことはありません」

「…………」

「上杉には相応《ふさわ》しくない人とはよく言ってましたが、まさに、そうでしたね……ま、昔の話はともかく、三代ぶりに男の子が生まれたのですから、父上とは違って、御家人でも少しは偉い役職に就いて貰いたいのです」

「そうか……そうだな」

「はい。ですから、この年でも手習い所に」

絹代が政吉に言い含め、組屋敷を出て行ってから、世之助は飲めぬ酒を飲んだ。わずか一合足らずだが、すぐに気持ち悪くなってきた。

――やはり、不正を糾《ただ》すことは無理なのだ。慶二郎が切腹した無念な思いさえ、私は伝えることができないのだ。

かすかな希望を『酒粕の会』に抱いていたが、それも当てにはならない。

「まったく……世の中、どうなっておるのだ……私が仕えていた戸田様なら、どうおっしゃるか……身を粉にして奉公してきた御公儀とは……一体、なんだったのだ……」

飲み過ぎたわけではないが、絹代が政吉を連れて帰宅したときには、縁側で酔い潰れたように寝ていたので、

「父上ッ。何たる様《ざま》ですか。孫に恥ずかしくないのですか」

と、いつもの金切り声をあげた。

うっすらと目を開けた世之助は、目の前の絹代が閻魔《えんま》様にでも見えたのか、びくんと跳ね起きた。

「まったく……御先祖様に顔向けができませんね」

「あ、いや。夢を見てた……」

「上杉は、三河以来の家康公の家来ではないですか。政吉の前で、恥を知りなさい」

「まあ、そう言うな……私は慶二郎の夢を見ていたのだ」

世之助の母方の親戚だから、絹代には馴染みがないが、切腹をして果てたことは

承知している。しかし、切腹の前に言うべきことを言い、やるべきことを行って死ぬべきだったと絹代は厳しい。

「私は覚悟の切腹が立派とは思いません。心が弱いからではありませんか」

「死んだ人間の悪口を言うんじゃねえや」

世之助は少し伝法な口調になって、厳しく叱るように言った。

「──済みません。言い過ぎました……ですが、私は父上のように、大過なく役人人生を過ごした方を尊敬はしますが、翻って考えてみますと、卑怯とも取れます」

「卑怯……」

「ただただ心酔した御仁のために、真面目に働けばよいという姿勢が嫌なのです」

戸田泰全のことだということは、世之助には分かっていた。

「そんなこと言わないでくれよ……」

寂しそうにそう言った世之助だが、さすがに絹代の言い草にカチンときたのか、不快な顔になって、

「おまえは、政吉をちゃんと育てればいいんじゃねえのかッ。私のような情けない、刀を捨てたような侍じゃなく、一国を背負うような立派な侍にな」

「言われずとも、そのつもりです。少なくとも、何もなさずに、悔やんでばかりの人間にはさせたくありません」

「――何もなさず……」

「そうです。孫と遊ぶのだけが楽しみだなんて……侍として如何かと思います」

世之助は婿が逃げた気持ちがよく分かるような気がした。元々、ろくに顔を合わせたこともなく、ソリもよくはないが、娘に罵倒《ばとう》されているようで胸が苦しくなった。険悪な雰囲気が広がったとき、

「おじじ様。明日は、一緒に凧《たこ》揚げをして下さい。約束ですよ」

まだ三歳児にしては、本当にしっかりした声で政吉が言った。殺伐《さつばつ》としていた世之助の心が、救われたように苦々しさが消えた。

「そうだな。ああ、必ず約束は守る。男と男の約束だ」

にこりと微笑む世之助を、政吉はにこにこ笑って見上げていた。

だが、その約束は叶わなかった。

その翌日の夕暮れ――。

大粒の雨がザアザアと落ちる隅田川で、世之助の水死体が上がった。浅草御米蔵近くの御厩《おんまや》河岸之渡の辺りだった。

薙左がその話を聞いたのは、船手奉行所ではなくて、ぶらりと立ち寄った『あほうどり』の客たちの話からだった。

「よ、世之助さんが!?」

驚きを隠せない薙左は、客の船頭や漁師、大工などから、そのときの様子を聞いた。中のひとりが、筵に引き上げられて検分しているところを直に見たというのだ。

しかし、薙左は俄には信じられなかった。昨日、『酒粕の会』に行く前に会ったばかりで、不審なことは何ひとつなかったからである。

「早乙女の旦那……知らなかったンで?」

「久しぶりに、ちょこっと会ったばかりだ……いや、信じられぬ」

と言って、さくらにも声もかけないまま、奉行所に出向こうとすると、ぶらりと北町の奥村慎吾と岡っ引の玉助が入ってきた。そして、薙左を見るなり、

「話なら、俺がしよう」

「あんたが、探索をしているのか」

「北町でも調べてはいる」

「……で、世之助さんが何故に」

奥村は話すと言いながら、明瞭《めいりょう》な答えをしなかった。はっきり分かっていないともいうが、玉助が聞いた話では、酒によって足を滑らせて溺れ、流されてきたのではないかという。

「世之助さんは下戸じゃないが、それほど大酒は飲まねえ。特に、体を悪くしてからはな。甘酒でも酔うくらいだって」

「ですが……昨夜は飲んでいたらしいですよ」

「世之助さんが?」

「ええ。北町にはあまり、南町からの探索の様子が入ってきてませんが、世之助さんと娘の……ええと……」

「絹代さんだ」

「その娘さんが喧嘩というか、言い争っていたのを、屋敷の隣の奥方が塀越しに見ているのです。そのとき、世之助さんは酒を飲んでいたとか」

気の強い娘だから、喧嘩ぐらいするだろうと薙左は思った。

「それでも、もう丸一日、経っているのではないか。しかも、住んでいる富岡八幡とはまったく違う蔵前で溺れているのだ。おかしな話じゃないか。足取りは調べたのだろうな」

「俺に言われてもな……」

「だったら、北町でも、もっと詳しく調べてみてくれないか」

「ええ、でも……」

「でも、なんだ」

「北町奉行所の与力たちは、南町預かりの事件だから、あまり余計なことをするなと言っているようです」

「そんなことで納得できるかッ。あんたは、何をしに来たンだ。何もできんと言いにきただけか」

「あなたの耳に入れれば、またぞろ、余計なことをするだろうから……やめときなさいと、忠告をするためだ。そう言っておこう」

薙左は、もういいと奥村と玉助に言ってから、自分で調べると決意した。この事件の裏には何かある。どうせ町方では、曖昧にしておくつもりだろう。が、それならそれで、水死体で見つかったのだから、船手扱いにだってできる。

――もし、世之助さんが、誰かに殺されたのであれば、俺は弔い合戦にするつもりだぜ。いいよな、世之助さん。

腹の底から熱く煮えたぎるものが、薙左に込み上がってきた。

すぐさま、薙左は番傘をさして、世之助が見つかったという御厩河岸周辺を探ったが、激しい雨もあいまって、怪しい何かを見つけることはできなかった。

四

翌朝、昨日の雨が嘘のように上がっていた。まるで、世之助が死に至った証拠を消し去ったように晴れやかだった。

南町奉行所が検死をしてから、亡骸は屋敷に返されたと聞いて、薙左は暗澹たる思いを抱きながら世之助の屋敷に向かった。実は、薙左の胸の奥で、ずっと気がかりなことがあって眠れなかったのである。

事件が起こったのが、『酒粕の会』の翌日だということである。

戸田家の近所の隠居も、その会に参加していたらしく、その様子を訊いたのだが、世之助らしくないふるまいだったらしい。

「小役人のふりをしていただけで、本当は武の者だったのだなあ」

という隠居の言葉が、耳をついて離れない。どのようなやりとりがあったかを聞いた薙左は、図らずも涙が出そうになった。そういえば、親戚の者が切腹をしたのは知っていたが、さほど気にならなかった。公儀には病死と届け出たという噂だったから、世之助の気持ちを考えたこともなかったのだ。

——申し訳ない。

という思いが込み上げてきた。船手にいたときは、ただ手助けをしてくれる人としか思っていなかったが、亡くなったと聞くと胸が痛くなるほど寂しいものである。しかし、自分の目で確かめるまでは、まだ信じられなかった。

先日会ったときとは、まったく違う雰囲気の絹代が出てきて、薙左を屋敷内に招き入れた。父親が死んだのだから当たり前だが、いつもの勝ち気そうな表情はない。奥の座敷では、世之助の遺体の周りを、孫の政吉が走り廻っている。祖父の死が分からないのであろう。その姿がいたいけなく、薙左は痛いほど悲しくなった。

「──世之助さん……」

絹代は両肩を落としていて顔色も悪かった。親戚や家中の者たちが、葬儀の準備をしていたが、世之助の枕元の線香の煙は灰色なのに、やけに色づいて見えた。

「絹代さん……」

振り向いた娘の顔は、先日のようなよい顔色ではなかった。

「父上がまさかこんなことになろうとは……何と言葉をかけてよいか……無念でしょうね、絹代さん」

「最期《さいご》の最期にも、父と喧嘩をしていたんです……バカにして、嫌なことばかり言って……私は酷い娘です」

絹代の方から、世之助の様子を語ったが、後で考えると何かを覚悟をしていたように張り詰めていたと言った。しかし、どうせ空威張りだと思って、先祖を引き合いに出して悪態をついたと嘆いた。

「世之助さんは、いつも人を立てて謙《へりくだ》っていたけれど、決して卑怯な人間ではなかった。むしろ勇敢な人で、船手内の色々な厄介ごとを引き受けてくれたり、探索では率先して危ない仕事をしてました」

「そうなのですか?」

「ふつうは、奉行から覚えがよいように目立ったことばかりを上申するが、世之助さんはあえて手柄を拒んでいた……そんなところを実は、私も尊敬していたのですが、面と向かって言うと、これまた嘘っぽくなりますからねえ」

薙左も似たような人柄なのかもしれないと、絹代は思った。薙左も目の前の世之助の顔を見て、瞑目《めいもく》すると、生前の顔がふいに蘇《よみがえ》った。

「近所の隠居に聞いたのだが、お父上は、昨日の『酒粕の会』で、勘定奉行の不正をみんなで糺そうと持ちかけたらしいのだ」

「父が?」

「ご親戚の佐藤慶二郎さんの切腹に関することらしいが。世之助さんから、何か聞いたことはありませんか」

「いいえ。仕事の話はしませんから……」

仕事以外の話であっても、父親の話にはろくに耳を傾けなかったと、絹代は心の底から申し訳なさそうに言って、

「その話と、父の死が関わりあるのでしょうか」

と付け足した。

「胸騒ぎがしましてな……同じ釜の飯を食った仲ですから、曖昧にしたまま終わりたくない。ましてや世之助さんのことですから……俺が初めて船手に出仕したとき、抜け荷をしていた大船の中にいて、半年も身分を隠して探索していたんですよ……身を捨てても、職務をまっとうする人だった」

薙左は世之助の苦痛に歪《ゆが》んだような顔を眺めながら、

「人に怨まれて殺されることは考えられないから、やはり……」

「私もそう思っておりますが……」

絹代は少し自嘲気味に、

「人に怨みを買われるような父親ならば、もっと尊敬をしたかもしれませんが……あ、変な意味ではないのです……ただ、悔しくて、何と言っていいか」

「分かります。絹代さん……俺は世之助さんの無念を晴らしたい。だから、何か気がついたことがあれば教えて下さいね」

薙左がそう言ったとき、中庭に降り立った政吉は、凧を手にして見せた。そして、

「おじちゃん。これ、揚げて」

と薙左に言った。

「え……」

「おじじさまは、また一緒に揚げてくれると言ったのに、つまらない」

「…………」

「ねえ。揚げて」

「これ……」

窘《たしな》めようとした絹代を制して、薙左はにこりと微笑みかけると、空《あ》き地まで一緒に行って、ほどよい風に凧を委ねた。するすると高く昇っていく凧を、政吉は手を叩いて喜び、自分も手に持ちたいと言った。

手を添えて握らせてやると、小さな手で一生懸命、引っ張ろうとしていた。その柔らかな手に触れながら、

――ずっと、こうしていたかったのだろうな。

と薙左は凧を見上げた。世之助も一緒に天で舞っているように思えた。

番町にある勘定奉行・串部主計亮の屋敷には、元北町奉行与力の桧垣が訪ねてき

ていて、色々と質疑をかけられていた。主に、『酒粕の会』で話し合われたことである。

桧垣は額に汗を掻いて、落ち着きのない表情だった。

「そこもとらは、大久保頼母を呼んで、儂のことを詮索していたそうだな」

「詮索などと……」

手の甲でそっと汗を拭ったのを見て、串部は低い声で言った。

「おまえは幕閣にも知り合いが大勢いて、大層、気に入られているそうだな」

「いえ、それほどでも……」

「控えめな奴だな。しかし、専《もっぱ》らの噂だ。おまえほどの切れ者はいなかったと。だから、隠居した今でも、もしや、大目付だった遠山様の命令で動いているのか？でなければ、大久保を庇うような寄合など開くまい」

「いえ、あくまでも隠居与力や同心の談話会です……大久保様を招いて、美味《うま》い酒を飲んだだけでして」

「その結果が、これか……」

漆箱を差し出されて、桧垣は首を傾げた。

「上杉 某《なにがし》という船手にいた同心を知っておるか」

「あ、はい……」

「その会に出ていたそうだな」

どうして知っているのかと思った桧垣に、串部は真顔で、

「勘定所に仕えていた者も、その会にはいるからな」

と言った。嘘を言っても仕方がないぞと威嚇するような目だった。

「ええ。たしか出ていました。なにしろ、船手にいたやつで、一度は武士を捨てた男ですから、いるのかいないのかわからないところがあるのですが……」

「ほう……」

串部はギラリと桧垣を睨みつけたまま、

「そんな男が思いきったことをしたものだな。これを上様に直に届けて欲しいと、ご老中の大沢出雲守の屋敷まで押しかけたそうだ」

「！……」

そこから、串部のところに廻ってきたということは容易に想像ができた。桧垣は生唾《なまつば》を飲み込もうとしたが、喉元で石のように固くなって詰まった。

「桧垣……おまえは、そんなバカはせぬ奴であろうのう。でなければ、息子の昇進はなく、その女房子供の一生も台無しになる」

「………」

「下手をすれば、上杉のような身になるやもしれぬ」

「く、串部様……⁉」

「実は、世之助は儂のところにも何度か、訴えてきたことがある。自分の親戚の者が切腹したことについて、きちんと本当の話をして欲しいとな……愚かな奴だ」

「………」

「世之助は、儂にとって……いや、公儀にとって不都合な証拠とやらを、どこぞに隠している節がある。北町で年番方与力の職にあったおまえならばそれを探すのは造作もないことであろう」

「いえ、しかし……」

「ならば、息子たちがどうなっても知らぬぞ。つまらぬ意地を張るな」

「………」

苦悩に歪む桧垣の顔を、串部は冷ややかな笑みで睨みつけていた。

五

桧垣は世之助の組屋敷を訪れて、書棚や行李《こうり》の遺品などを調べさせてもらった。元与力の言うことだから、絹代は何も疑うことはなかった。

「やはり……父上は誰かに殺されたのですか……」

「む？」

「早乙女薙左さんも、何度も父の残したものを見ておりましたから。もしかすると、命を狙われた理由を示す証拠があるかもしれないと。でも、何も……」

絹代は首を振った。

「早乙女……船手の……？」

桧垣は呟いて、何を探していたかさりげなく訊いたが、絹代は立ち合うといっても、世之助のことは何も分からなかった。

「もっと父について関心を寄せておくべきでした……でも、いまだに、勘定奉行の不正を暴こうなどとしていたとは、とても考えることはできません」

「しかし、上杉殿はそれについて調べていた最中に殺されたのだ。なんとしても、下手人を挙げねば、拙者《せっしゃ》も申し訳が立たない」

「やはり、誰かに殺されたのですね……」

信じたくないという絹代に、桧垣はこくりと頷いて、

「私たちの『酒粕の会』に入ったのが、間違いの元だったかもしれませんな……あの会に入らなければ、上杉殿も余計なことに首を突っ込まなかったかもしれない」

「余計なこと……」

「我々、与力、同心という下級武士は、お偉方のやることに口出しするべきではなかったのです……もっとも、大名や旗本と刺し違える覚悟など、私たちにはありませんがね」

「あ、あの……父は何を……やはり、早乙女様が言うとおり、慶二郎さんの意趣返しでしょうか。そんな大それたことを……」

「今度は、その早乙女とやらが世之助殿の仇討《あだう》ちをしようとしているのかもしれぬが、やめたほうがいいと、あなたからも言ってくれ」

「あの……桧垣様……本当は何かご存知なのでしょうか」

不安げに見る絹代に、桧垣は誤魔化し笑いを浮かべて、

「何も……ただ、何かあれば井戸様にご進言しようと思ってな」

それでも絹代は、桧垣が何か重大なことを知っていると感じて、

「——桧垣様……私は、早乙女様のことを、父から何度となく聞いたことがあります」

「早乙女のこと、とは？」

「まっすぐで、正義感に溢れ、曲がったことが大嫌いなお方です。ですから、あの遠山左衛門尉《さえもんのじょう》様も一目置いていたとか。手柄などには頓着せず、なのに色々な難解な事件を解決しているという話です。それが、とても頼もしかったとか」

「そんなことを、上杉殿が……」

「ええ。早乙女様の亡きお父上の噂も聞きました……弱い人の立場に立って、人生を捧げた、とてつもなく立派な人だったとか……本当なのでしょうか」

「さて……私は、早乙女という人のことはよく知らぬが……」

「ですが、今般のことは必ず解決すると……」

意気込んでいたと絹代は言ったが、桧垣は首を振って、

「とても、ひとりの人間にできることではない……それよりも、私を信じて、手助けして貰いたい。私こそ、世之助殿の無念をこの手で晴らしたいのだ。そのためには、世之助殿が持っているはずの、重大な証拠が欲しい」

「証拠……？」

「さっきは、お偉方を責め立てる柄ではないと言ったが、本音では……本音では、なんとか一矢報いたいのだ。お父上のためにも」

絹代は真剣に聞いていた。

「何でもいい。世之助殿の……そうですな、大切にしていたものとかがないかな」

「大切なもの……取り立てて何も……碁や将棋をすることもなく、書画骨董にも……たまに絵筆をもって俳画のようなものは描いてましたが、それも中途半端なもので、人に見せたりはしませんし……」

「俳画、か……」

桧垣は何か閃《ひらめ》くものがあったのか、描きためたものがあれば見たいと申し出た。

俳画は、単純で洒脱《しゃだつ》な画と、俳句をあわせた水墨画である。芭蕉も描いているが、この後の世に、蕪村が広めたものである。

絹代は納戸の奥深くに仕舞っていた行李の中から、数十枚の俳画を取り出した。鼠《ねずみ》や猫を簡略化した絵もどこかおかしみがあって、世之助の意外な才覚に桧垣は感心した。

桧垣が見るに、書にはそれなりの造詣《ぞうけい》があるようで、滋味のある書体だった。

「なるほど……なかなかですな……」

桧垣が掲げて見ていると、絹代も懐かしそうに眺めていた。

「人柄が滲《にじ》み出ている気がする。私も少々、書はやるものでね」

「私にはよく分かりません。でも……そう言われれば……そうかもしれません」

「ふむ……」

行李に重なっている俳画を見ていた桧垣はつと、その奥に一冊の綴《つづ》り本があるのを見つけた。まるで隠しているようである。手にとって開くと、それは、なんと

——勘定吟味方改役並だった佐藤慶二郎の書き残したものだった。

さっと目を通しただけで、奉行所の財務も与《あず》かっている年番方与力だった桧垣には、それが重大な裏帳簿であると、すぐに分かった。だが、桧垣はさして驚いた顔もせずに、

「この行李ごと、借りてよいかな」

「何か気になることでも？」

「俳画が気に入った。しばし、上杉殿のことを偲《しの》んでみたい」

「そうですか……そうして下されば、父も喜ぶと思います」

　桧垣は大切なものを扱うように、行李を持ち帰った。

　その夜――。

　裏帳簿と俳画を詳しく見ていた桧垣には、あっと閃くものがあった。そこに描かれていた俳句に、意味があるように思えたのだ。

『串を刺す鴨《かも》のかたさの憎らしさ』

『ねずみまで猫なで声に誘い水』

『沢に鳴く鴫《しぎ》のみだれに立つ戸かな』

『兜にも残る驟《しゅう》雨《う》の血脂か』

『箸ひとつ欠ければ比津は膨らむか』

　ほとんど意味の分からぬ句ばかりである。だが、何度か口にして読んでいると、世之助が書こうとした本音がある気がしてきた。

そこへ、小者が来て、

「旦那様。船手奉行所筆頭与力の早乙女というお方がおいでですが、如何いたしましょうか」

「なに、早乙女殿が？」

少し考えてから、「構わぬ通せ」と指示した。

「世之助さんの屋敷から来たもので、夜分に相済みません」

「……その若さで、筆頭与力とは……能ある鷹は爪を隠す……ということか……まあよい。用とは何ですかな」

薙左は丁寧に頭を下げてから、

「桧垣様が持ち帰った行李を見せて下さいませぬか。絹代さんから聞いたもので」

「あれか……ただの俳画が入っているだけだが」

「その俳画を見たいのです」

「今でなくてはならぬのか。俳画を眺めて、上杉殿のことを偲んでいるところだ」

「そのような仲だったのですか？　生前、さほど親しかったとは聞いておりませんが」

「そんなことはない。『酒粕の会』でも、色々な話をした」

「そうでしたか、それは知りませんでした」

軽く頭を下げてから、薙左は半ば強引に部屋に入りながら、

「私は偲ぶためではなく、誰になぜ殺されたのかを見極めるために、俳画を見たいのです。よろしいですかな」

「異なことを言う。これは……」

拒絶しようとする桧垣に、薙左は少し語気を強めた。

「職務です。世之助さん殺しの探索です」

「殺し……」

「ええ。改めて小石川医師に検死させたところ、首の付け根に針で刺したような小さな傷があり、それが骨まで突き抜けています。誰かが殺して川に落とした。水を飲んでいないのも、死んだ後だからです。言っている意味は分かりますね」

「…………」

「三尸《さんし》の虫が騒いだのでしょう」

「――さんしのむし？」

「ご存知でしょう。道教に言われる、人の体の中にいる、上尸・中尸・下尸の三虫《さんちゅう》のことです」

尸とは、しかばねの意味である。

「その三尸の虫は、人が生まれたときから体の中にいて、庚申の日に眠ると体から抜け出して、自分の罪業を告げると言われてます。そのために、命を縮めるとか。だから、庚申の夜は眠ってはならない……つまり〝庚申講〟のことですな」

庚申待ちをするために、人々は寝ないように夜通し酒宴を行うのだ。

「だが、世之助さんの三尸の虫は、自分が何もできなかったという罪の念を、天帝に告げたがために、命を縮めたのかもしれない。でも、天帝には届いても、幕府のお偉方はそれを知らぬと言い張っている」

「…………」

「私たちも命を縮める覚悟をするべきではありませんか？」

じっと睨みつけて言う薙左を見て、

——噂どおり、遠山左衛門尉が見込んだ男だけのことはある。

と桧垣は思った。北町奉行所与力であった頃、薙左のことはむろん少しは知ってはいたが、もしかすると噂は本当だったかも知れないと桧垣は思った。

六

「もちろんでございます……早乙女という男は、船手同心から、戸田に気に入られて、筆頭与力にまで成り上がった奴。世之助のことは色々と調べておるようですが、決して真相には近づかないでしょう」

桧垣は再び、串部の屋敷を訪れて言い訳をしていた。

「しかも、此度は、身共の倅《せがれ》、左馬亮からも余計なことに関わらずに、お役目に専念せよと厳しく命じたはずだ。知っておろう。左馬亮は船手奉行だ」

「そうでございました……」

中庭には、煌々《こうこう》と篝火《かがりび》が燃えている。〝誘蛾灯〟として使っているのだ。時折、虫が飛び込んで焼ける音がした。

「しかし……なぜ串部様は、私が早乙女と会っていたことを、ご存知なのですか」

「こいつだよ」

と串部が手を叩くと、襖《ふすま》が開いて、奥村慎吾が現れた。何を考えているのか分からないような、のらりくらりとした態度である。

「ご無沙汰しております、桧垣様」

「奥村……おまえが、どうして……」

「もちろん、密かに世之助の一件を調べているのです。でもまあ、町方の仕事にも少々、飽きてきましてな……仕官探しのつもりで、串部様にもお願いしているのです。ご子息が船手から、何処かの遠国奉行や町奉行を経て、勘定奉行になられた暁《あかつき》には……と」

算盤の玉を弾く仕草をした。

「そうであったか……」

「気をつけて下さいよ、桧垣様。早乙女薙左ってやろうは、油断も隙もない男ですからね。おまけに井戸様に密かに可愛がられている節もあります。ええ、時々、桔《き》梗之間《きょうのま》に呼び出されていますが、あれは叱られているのではなく、密談をしているのだと、そんな噂もありますのでな」

ぺらぺらと喋る奥村を、桧垣は却って訝しんで、

「おまえこそ、何を考えてる」

と睨んでから、串部に向き直った。

「この奥村は、どんな凶悪な奴でも恐がるような男です。捕縛のためなら汚い手も使ってきたし、地廻りのやくざ者を顎《あご》で使っているような輩です。近づかない方が、串部様のためだと思います」

「酷い言い方ですな、桧垣様」

昼間から酒を飲んでいたのであろう。奥村は臭い息を吹きかけて、

「串部様は、あなたのことを今ひとつ信頼していない。つまり裏切るンじゃないかとね。もしかしたら、早乙女とつるんで、大久保頼母様の真似事をするのではないかと、串部様は疑っておいでです」

「もう言うな、奥村」

止めたのは串部の方であった。

「近頃、どうも疑り深くなってな。許せ、桧垣。儂に不都合な証拠を見つけたか」

「――はい。これに……」

と裏帳簿を差し出した。それを手にとって見た串部は目を白黒させた。

「大久保頼母様が命じて、佐藤慶二郎が内偵していたものであります。佐藤が自刃《じじん》する前に世之助に預けたのか、後で見つけたのかは分かりませんが、これこそが一番の証拠になるかと存じます」

「うむ……たしかに、公儀普請の中から、儂にどれだけの金が流れたか、細かな記載があるな……よくぞ調べていたと褒めてやりたいくらいだ」

「ですが、これをどうして先に出さなかったのでしょうか」

「それはな……大久保が甘かったからだ」

にやりと笑って串部は言った。

「あやつは、儂に反省を促した。自ら辞職をすれば、これまでのことは不問に付す。切腹までせよとは言わぬと、偉そうにぬかしたのだ。むろん、儂は何のことだと惚けた。しからば、確たる証を持って上申するのみと言ったが、まあ……早い話があやつも女房子供らが可愛かったということだ」

「………」

「それに比べて、佐藤めは親もおらず子もおらぬゆえ、暴挙に出たのだろうな。もっと愚かなことに、世之助はその身も弁えず、老中に進言するとは、今頃は冥途《めいど》で悔やんでいるであろうのう」

「まったくもって！　失礼！」

奥村は串部から帳簿を手にとって見ると、忌々《いまいま》しそうな顔になり、

「こんなものは、早々に捨て置いた方がよろしい」

と背中を向けて中庭に降りると、ビリビリと破りながら、篝火の炎の中に放り投げた。あっという間に燃えて灰になるのを眺めながら、串部は苦笑した。

「奥村。おまえらしいやり方よのう」

「はは。お褒め下さり、有り難いことにござる。その代わり、串部様……私が勘定所に入れるよう、よしなに」

「分かっておる。だが、焦るでない。物事には順序があるゆえな」

「物事には順序が……たしかに」

少しでもよい役職に就けることが念願であることを、奥村は何度も繰り返した。そのためには、串部のために何でもすると、大きな体を屈めながら頼み込んだ。

「本当によろしくお願い致します……しかし、これで串部さまの厄介事もすべて片づきました。枕を高くして寝られますな」

「余計なことを言うな。元々、儂は悪いことなどしてはおらぬ。公儀普請を割り振りしてやって、その見返りを貰って何が悪い。普請に関わる商人、町人どもも大喜びではないか。公儀が成り立たねば、町人どものの暮らしもないのだからな」

「そのとおりでございます」

奥村は散々、串部に揉み手で胡麻《ごま》をすってから、

「早乙女にもこれ以上、余計なことをさせぬよう、私が見張っておきます。事と次第では……刀にものを言わせて、よろしいですな」

「案ずるな。倅が見張っておる」

「ああ、そうでした……」

「此度の一件は、ご老中でも腰を上げぬのだ。その訳は、ご老中も甘い汁を吸っているからだ。だが、おまえの言うとおり厄介なものが消えたゆえな、しばらくは大人しくしておくかのう。ふはは」

丁寧に一礼をした奥村は、その場から立ち去った。途端、串部の目の色が変わって、

「桧垣……奥村もいつ何を言い出すか分からぬから、頃合いを見計らって、適当に

始末しておけ。今すぐはまずい。頃合いを見計らって、よいな」

「え、ですが……」

「何を尻込んでおる。おまえは儂と同じ船に乗ったのだ。でないと……分かってお
るな」

「は、はい……」

平伏する桧垣に向かって、串部は満足そうな笑みで頷いていた。

同じ日――。
薙左はまた世之助の屋敷に来ていた。戸田からも香典を預かってきたのだ。孫の
政吉の先行きのことを心配して、いずれは公儀の役人になれるよう計らうことを約
束した。まだ遠い先のことだが、絹代にとっては嬉しいことだった。
だが、正直言って、薙左は、
――この子が大きくなる頃は、もう幕府なんぞなくなっているかもしれない。
と思っていた。異国船が日本の近海に現れるどころか、開国を迫っている。大老
の井伊直弼《いいなおすけ》を中心として幕閣は、その対応に迫られているはずなのに、役人たちは

危機感もなく、不正に私腹を肥やすことだけにいそしんでいる。

——何なのだ、この国は……。

と薙左は暗澹たる思いに駆られた。もしかしたら、世之助はそういうものを肌で感じて、許せないと思ったのかもしれぬ。

改めて絹代は世之助の死について、疑念を抱いていた。悔しい思いもあった。とはいえ、女が何かできる訳でもない。

「それでいいのですか……絹代さん」

薙左は何とかして、真相を暴きたいと思っていた。

「世之助さんは、お孫さんが、すくすくと育つことだけを楽しみにしていた。それが、突然、断たれたのです。このままでは、あまりにも哀れではないですか……義父もその気持ちはよく分かると言ってます」

「………」

「たしかに世之助さんは、知足守分を地でいっているような人でした。いえ、それが信念だったのかもしれません。だからこそ、自分も〝酒粕〟が相応しいなどと言ってましたが……翻って、世の中を見廻したらどうです。あまりにも無駄が多すぎ

ると は思いませんか。酒粕を大切にする心意気こそが、世之助さんの真骨頂だったのではありませんか」

「早乙女様は一体、何がおっしゃりたいのですか。私にはもう……」

と首を振るのへ、薤左は言った。

「酒粕を大事にする人々がいる一方で、美味いところだけを、バカバカ飲んでいる者がいる。しかも、人の酒をです」

「…………」

「私たちは所詮は下々《しもじも》の者に過ぎませんが、串部主計亮のような勘定奉行がのさばっていることが、どうしても許せません。しかも、この国難のときに」

「私に、どうしろと……」

「直に、老中か大目付に訴え出て貰いたいのです。真相を探って欲しいと」

「…………」

「私たち御家人は、上役を越えて訴えることは許されておりません。いや、やってもいいけれど、すぐに揉み消されるでしょう。けれど、娘のあなたが訴え出れば、何かが変わるはずだ。一矢、報いることになると思うのですがね」

「いいえ、早乙女様……私のような御家人の娘が訴え出なければ動かないようなご公儀なら、それこそ何を言っても無駄でしょう」

「………」

「私は……息子が、それなりに世に出て、上杉を継いでくれればそれでいい……多くを望んでいるわけではありません」

「世の中は変わります。上杉だの徳川だのという時代ではなくなるでしょう……しかし、このままでは、世之助さんが犬死にだ。それでもよいと……？」

「………」

絹代はしばらく薙左を見つめていたが、

「孫を助けてくれた……そう思うことにします。目に入れても痛くない孫を……」

と言った。

薙左は何も言い返すことはできなかった。ただ、ひとこと、

「世之助さんは自分の人生を振り返ってみて、最期の最期に、政吉さんに武士とはなんぞやというのを、見せたかったのだと思います。その思いを私なりに、引き継ぎたいと存じます」

そう言って、深々と頭を下げた。

七

翌日——薙左は自ら、船手奉行所の詰め部屋に、左馬亮を訪ねた。職務として、奉行に声をかけるのは、当然のことである。

「呼びもせぬのに、おぬしから部屋に来るとは、初めてのことではないかな」

左馬亮はいつものように、偉そうで生意気そうな目を向けた。

「どうか、お願いでございます」

薙左が床に手を突いて深々と頭を下げると、左馬亮は箱火鉢の前に座り、手持ち無沙汰らしく鉄箸で灰をいじっていた。

「まだ世之助のことを調べているらしいな」

「はい……娘の絹代さんが、お奉行から過分なご香典を戴《いただ》いたと恐縮しておりました」

「父上から聞き及んでおる。余計なことはするな。よいな。おまえは船手番与力なのだ。分かっておるな」

「しかし、真相を暴くことが供養になるのではありませんか」

「余計なことはするな。おまえのために言ってやっているのだ」

「もしかして、誰の手にも負えないものが、蠢《うごめ》いているのかもしれませんよ、千代田のお城の中で」

「……そう察するなら、もう手を出さぬことだ」

「お奉行……」

薙左は腰を引いて、もう一度、平伏し、

「私はこれまで、若いお奉行の命令どおり、船手奉行所与力として、働いてきたつもりです。あなたには腰掛けの役職かもしれませぬが、私たち船手の者たちは……それこそ、世之助さんのように生涯をかけております」

「…………」

「それが、船手のもうひとつの使命でもあったからです」

「もうひとつの……？」

「はい。町方には探索できぬことを、私たちは密かにやっておりました。しかし、此度の一件だけは、どうしても腑に落ちませせぬ」

「腑に落ちぬ？」

「世之助さんまでが、あっさりと殺されたことがです」

「……佐藤慶二郎は病死、世之助は水死……それだけのことだ」

「それだけのこと……」

ぎろりと左馬亮を睨み上げた。薙左の中で何かが切れた。

「お奉行は本気でそう思っているのですか。世之助さんは、あなたに仕えていた奉行所同心ですよ。そんな言い草はないでしょ」

「勘違いするな。私はおまえの身を案じておるのだ」

「お奉行でも手に負えない御仁が相手ということですか」

左馬亮はじっと薙左を睨みつけて、

「世之助が命をかけたこと、素直に受け入れるべきではないか」

「なんと？」

「奴の死の真相を暴いたところで、誰が得をするというのだ。勘定奉行の父上が罷免されれば、それで済む話でもない」

「では、放置しろとでも？」

「まあ、そういうことだ」

薙左は落ち着かぬ様子で立ち上がると、部屋の中を歩きはじめた。奉行を目の前にして取るべき態度ではない。左馬亮は苛々しながら、鉄箸をぐさりと灰に突き立てると、

「話はそれだけか」

「――串部様が不正に手にしていた金を、お奉行も貰っていたのですか」

「ばかを言うな」

「ならば、不正は明らかにするべきではありませぬか」

「私の仕事ではない」

「ならば、ご老中にご進言するのが筋ではありませぬか。もっとも、あなたの父親を告発することになるし、ご老中の大沢出雲守様も甘い汁を吸っているから、何もしないでしょうがね」

溜息をついた左馬亮は、わずかに狼狽したが静かに言った。

「世之助が残した娘と孫は、しかと面倒を見ることにする……父上はそう言ってお

った」

「…………」

「世之助をないがしろにしているわけではない。大久保頼母が日々、幕府の無駄使いをどうやって減らすかと考えていたことは、老中も若年寄もよく分かっておる」

「…………」

「佐藤慶二郎のこともな……早乙女。おまえも喜んでやれ。上杉は御家人ではあるが、孫の政吉が長じたときには、与力として、この私が召し抱えてやる」

「それで、あなたは気が済むかもしれませんが、亡くなった世之助さんは浮かばれますまい。もちろん佐藤さんも」

「幕府財政については、父上が幕閣に進言すると言っている。だが、できることはそこまでだ。八千石の旗本とはいえ、所詮は役人のひとりに過ぎぬ。ましてや、おまえのような御家人が喚《わめ》き立てたところで、幕府は痛くも痒《かゆ》くもない」

薙左は拳《こぶし》を握りしめると、左馬亮を見下ろして、

「分かりました……私は只今《ただいま》をもって、船手を辞めます」

「…………」

「拙者……あなたはお坊ちゃん育ちで、優柔不断なところはあるが、お父上の主計亮様とは違って、もっとマシな人間かと思っておりました。親が親なら、子も子だ。これにて御免ッ」

襖を開けると、薙左はそのまま立ち去った。廊下を踏みならす音が、船手奉行所に響きわたるほどだった。

「――ばかめが……舐めるなよ」

左馬亮は鉄箸をぐりぐりと突き廻した。

薙左はその夜、珍しく深酒をした。『あほうどり』でである。世之助ほど下戸ではないが、薙左も酒に強いわけではない。嗜《たしな》む程度であるが、今宵《こよい》は悪い酒になった。二階では誰か客が来ていて、お藤の下手な浄瑠璃を聞かされているようだった。耳がおかしくなりそうなので、薙左はぶらりと表に出た。

たしかに、世之助の孫がいつの日か、与力になれるのであれば、命も無駄になったとは言えない。だが、それはただの取り引きに過ぎないではないか。世之助が本当に願っていたこととは違うと、薙左は何度も頭の中で繰り返していた。

「御家人らしい奉公とは何なのか……孫の政吉が長じて、もし世之助さんのことを知ったら、どう思うか……本当に孫が幸せを感じるかどうか……いや、真実を知れば……どう感じるか」

掘割に向かって、ぶつぶつと薙左が言っていると、その背後に黒い影が二つ、いや三つ、四つと現れた。いずれも黒っぽい着物に野袴である。気配を消しており、薙左はまったく気づいていない。

だが、わずかに鯉口《こいぐち》を切る音に、薙左が振り返った。途端、シャッと刀を抜き払う音がして斬りかかってきた。勢いのある黒い影に、危うく掘割に落ちそうになったが、薙左も小野派一刀流を心得ている。すぐさま体勢を立て直して腰の刀を抜き払った。斬りかかってきた相手の胴を払ったが、少し酔っているせいか、相手は体勢を崩して掘割に落ちただけである。

「貴様ら……世之助さんを殺《や》った奴らか……誰に頼まれた……串部様か……それとも……」

お奉行直々かと言いかけたとき、残りの三人が気合を発せず、無言のまま斬りかかってきた。ふらつく足で避けたが、薙左の刀は叩き落とされてしまった。続いて、躍りかかってきた敵の刀が辻灯籠《つじどうろう》に煌《きら》めいたが、瞬時にして、カキンと弾き飛ばされた。

「何奴ッ」

襲ってきた侍のひとりが声をかけた。

薙左を庇って立ったのは——鮫島であった。

「おう、サメさん。こんな所で何をしてる」

ふらつく足で訊く薙左に、

「何をしているとは、こっちのせりふだぜ。不用心にも程がある」

と鮫島は言った。

「不用心……?」

「酒なんぞ浴びてるときか。そんなことをしている間があるならば……」

話している途中に、相手が鋭く斬り込んできたが、鮫島の胴田貫の敵ではなかった。あっという間に、三人の腕や足を斬った。痛みを堪《こら》えながら、黒袴の侍たちは必死に逃げ出した。

騒ぎに驚いたさくらやお藤が、店から飛び出してきた。

「何をしてるの、薙左さん……」

お藤は驚いた顔で、薙左に駆け寄ると、薙左の着物の裾から流れている血を見て、止めようとした。

「——斬られていたのか……」

薙左は初めて気づいた。痛みがあまりなかったのは、酔っぱらっていたからであろう。不思議と恐くもなかった。

「俺としたことが、不覚だった……まあ、いい。相手が何処の誰兵衛か、およそ見当はついている……勘定奉行、串部主計亮様の手の者だろうよ」

「……お奉行のお父上の!?」

「ああ。実は今日……船手を辞めると言ってきたのだ」

「それでか……」

鮫島は呆れ果てた顔になって、

「こっちは眠たいのに、若い同心の連中が、早乙女様を守ってくれと必死に頼みに来たのだ」

「………」

「みんな気にしているんだ。おまえの様子がおかしいからと。世之助さんのことで、色々と悩んでいる気持ちはよく分かるがな」

「分かるが、なんだ……」

「――とにかく、怪我を治して、ひとりで抱え込まずに、俺たちも頼るこった。何のための船手だと思ってる」

と鮫島が声をかけると、お藤とさくらも手当をしながら、

「そうよ。水臭いわよ、薙左さん」

まるで事情を知っているかのように、鮫島とお藤は微笑みかけた。薙左はふたりの顔をじっと見つめて、

「余計なことをするな……おまえたちにまで迷惑がかかっては……」

「俺は俺で調べた。他の船手の連中も、こっちの腕の方は、薙左よりも頼りになるらしくてな」

腕をポンと叩いた鮫島は、

「おまえも分かっているとおり、最も胡散《うさん》臭いのが、老中の大沢出雲守……どうやら、『酒粕の会』にも、子飼いの者が紛れ込んでいたようだ。用心、用心」

「サメさん……」

「薙左は、世之助さんが残していた俳画を見たか」

「ああ……」

「そんな趣向が、世之助さんにあったとは知らなかった。戸田様が何処から手に入れたのかは知らんが、そこに書かれていることを、今、読み解いているらしい。あの人なら、世之助さんの心の中が分かるだろうからな」

少し不愉快な顔になった薙左は、

「義父上は……俺には何もそんなことは……」

と訝しげに言ったが、鮫島は微笑み続けて、

「下手に関わると、薙左の命が危ないと思ったのだろうな。今、襲ってきた奴らも、うちの同心たちが尾けているから、早晩、何処の誰兵衛かはっきりするだろうよ」

八

それから、三日後——薙左は突然、評定所に呼び出された。

評定所とは今で言う最高裁判所であり、政府の最高決定機関でもある。今日は寺社奉行、勘定奉行、町奉行の三奉行の他に、大目付、目付という五掛の評議であった。

話し合われることは、もちろん勘定奉行の串部主計亮の〝公金横領〟にまつわることである。だが、当の串部は評定所の一員であるにも拘らず、唐突な議題に驚いたようで、

「一体、これは何の座興でござるかな」

と不愉快そうな顔をしていた。

資料役や書役の与力や同心が居並ぶ顔が見える末席に、薙左は座らされた。すでに引退しているが、元船手奉行の戸田泰全が、串部に向かって、

「驚かれるのも無理はないが、串部様……貴殿にだけは報せず、我々は密かに、静かに探索をしておったゆえな。私も隠居はしても、まだ家督は婿に譲っておらぬし、旗本は旗本ですからな。特段の許しを得て、今日ここで、例の公金横領並びに佐藤慶二郎、そして世之助殺しについて、吟味しとうござる」

「何の話だ」

ますます腹立たしげな顔になる串部に、戸田は冷静な声で、

「もう言わずともよろしかろう。貴殿は分かっているはず。ここにおられるご一同には、すでに文書にて報せており、どう処分すべきか予《あらかじ》め考えてきて貰っております」

「……なんだと」

「まずは、船手奉行所筆頭与力である早乙女薙左に、尋ねたいことがあるゆえ、串部様もよく聞いておいて下され」

戸田に促されて、薙左はこれまで訴えていたことを率直に語った。勘定奉行の不正を暴こうとして断念させられた大久保頼母のこと、それに纏《まつ》わって切腹した佐藤慶二郎のこと、そして世之助の死についてだ。

懸命に話す薙左の顔を、串部はじっと睨みつけていた。

「如何かな、串部様……早乙女は船手奉行が、貴殿のご子息ゆえ、気を遣って名を言わなかったが、私たちも同様のことをすでに摑んでおりますぞ」

と恬淡《てんたん》とした目で、戸田は言った。

「潔くお認めになり、真実を話した上で、切腹をするのがよろしかろう」

「…………」

「さすれば、串部家の御家断絶だけは避けて、ご子息に継がせることには、ここにおられるご一同も賛同しておる。幕府財政を掌握して、常に英断を下してきた串部様ゆえ、最期の最期くらいは気概を見せて下され」

唇を嚙みしめて聞いていた串部は寺社奉行や大目付らを、ひとりひとり見廻して、鋭い目を戸田に戻した。

「かような茶番、身共が認めるとでも思うておるのか、戸田……今の証言は何だ。船手奉行所の早乙女とか言ったか、そのような出鱈目《でたらめ》をよく言えたものだ。しかも、かつての戸田の手下ではないか。貴殿がわざわざ言わせたこととも受け取れる。身共と倅を追い落とすためにな」

「それこそ、穿《うが》った見方でござる……まったく知らぬことだと？」

「さよう。これは、身共を今の職から追放したい何者かがはかった陰謀に他ならぬ」

「陰謀……」

「でなければ何だというのだ。得心できる証拠が欲しいものだ」

「そこな早乙女は、ある晩、何者かに消されかけ、そやつらは串部様……貴殿の屋敷に逃げ込んだ。みな腕や足に怪我をしているはず。うちひとりは、船手奉行所にて預かっておるが」

「…………」

「その者は、世之助殺しにも関わったと話しておる」

「はてさて、そのような無頼の輩の言うこと、信じるに足りぬ」

「そうですか……串部様は、自らお認めになりませぬか」

戸田が評定所下役人に目配せをすると、漆塗りの箱を運んできた。そこから、俳画を取り出した戸田は、串部に見せた。

それらには――

『串を刺す鴫のかたさの憎らしさ』

『ねずみまで猫なで声に誘い水』

『沢に鳴く鴫のみだれに立つ戸かな』

『兜にも残る驟雨の血脂か』

『箸ひとつ欠ければ比津は膨らむか』

という俳句が、鴨やねずみなどの素朴な墨絵とともに書かれているものだ。串部がそれが何だという顔で眺めているのへ、戸田がそれぞれを読み上げてから、

「これは、世之助が書き残したもので、元北町の桧垣又八郎が手に入れたものだ……一連の不正事件につき何か役に立たないかと、私のもとに持ってきたのだ」

「…………」

「それぞれ〝隠れ句〟となっており、世之助さんの思いと同時に、色々な示唆《しさ》があります。最初と二番目の俳画は、串部様が色々な金づるを探した様子、三番目は、老中大沢出雲守との仲の様子、四番目は切腹した佐藤への思い、五番目は……橋をひとつ架ければ、比津が潤うとも読めますな。伊勢比津は、大沢様の国元です」

「――こじつけだ」

串部はそっぽを向いた。

「ああ、そうです。俳画なんてものは、そもそもこじつけで洒落《しゃれ》るものですしな。他に何十枚もあって、文言を並べてみると、今、早乙女が言ったようなことが書かれてあります」

「だから、それは世之助の思い込みに過ぎぬものだ。それを証拠と言われても困

る」

「では、動かぬ証拠を……」

同じ漆箱の中から、戸田は厚い帳簿を取りだした。そして、おもむろに、

「裏帳簿だ。串部様……勘定吟味役だった大久保頼母殿が詳細に調べ、あなたに差し出したものだが……あなたに、奪われてしまった。これは、部下の佐藤が筆写しておったものだ」

「出鱈目を申すな」

「正真正銘、証拠の品だ」

「そんなはずはない。それは……」

自邸の庭の篝火で燃やしたはずだと、串部は言おうとしたが口を閉ざした。その上、本物の裏帳簿もすでに処分をしている。戸田は相手を貶《おとし》める術に長けている。

そう思い直した串部は、断じて知らぬと言い張った。

「知らぬのならば、見てみて下され。嘘か真か……」

戸田が膝を進めて手渡すと、帳簿を受け取って見た串部の目がアッとなった。

「これは……」

「――これは、何ですかな」

「知らぬ」

改めて串部が断じたとき、戸田が頷くと下役人が廊下の片隅に控えていた証人を呼び出した。ゆっくりと現れたのは、誰であろう、奥村慎吾であった。

凝然と見やる串部に、

「篝火に放り投げたのは、別のものでして。私はとっさに懐に隠したのです。後で、桧垣さんも説得しました。あなたの脅しに屈してはならぬと」

「奥村、貴様……裏切ったかッ」

思わずカッとなって言った言葉尻を捉えて、戸田が前のめりになって、

「語るに落ちましたな、串部殿。何を裏切ったと言うのですかな？」

「黙れ、戸田！　この奥村こそが、おまえが身共を貶めんとする証だ。このような裏帳簿も知らぬ。出鱈目だッ」

と串部は床に投げつけた。奥村はそれを拾いながら、

「鬼の奥村と言われた……いや、誰も言ってませんが、あんただけは好きになれませんでした。ここまでの不正は、さしもの俺も許すことはできませせぬな」

吐き捨てるように言った。それでも、串部は知らぬと言い続けた。呆れて見ていた寺社奉行や大目付、目付らは、

「串部殿……もはや言い訳は見苦しいぞ。別室にて、大久保頼母殿や桧垣又八郎からも話は聞いておる」

「さよう。私たちは、貴殿に一分の理でもあるのかと思うておった。その言い分を聞こうと身構えていたが、これではまるでならず者が居直ったも同然」

「武士の風上にも置けませぬな」

口々に突き放すように言った。身震いしながら聞いていた串部は、脇差《わきざし》を抜き払うと切腹すると見せかけて、いきなり戸田に斬りかかった。

「おのれ、戸田！　いい気になるな！　幕府財政の緊縮を成し遂げたのは、この私だ！　その功労のために、わずかばかりの金を貰って何が悪い！」

暴れ廻る串部を、戸田は素手で打ち落とし、評定所下役人たちが一斉に飛びかかって取り押さえた。それでも必死に抵抗する串部を、薙左は哀れみの目で見ていた。

——こんな奴のために、世之助さんは死んだのか……佐藤さんも……。

悔しさと腹立ちが込み上げてきて、思わず立ち上がった薙左は、ビシッと串部の

額を扇子で打ちつけた。

ほんの一瞬、評定所が水を打ったように静かになったが、なぜか軽い失笑が起こっただけで、誰も薙左を咎めようとはしなかった。

「世之助さんは、事細かに血税を無駄にするなと説いたはずです。串部様の不正を知って、事を公にしようとしたがために葬られた佐藤さんのために、あの世之助さんが……！」

薙左は涙ながらに続けた。

「駄目役人を自称していた世之助さんが、職を退いてから、命をかけて為《な》そうとしたこと、ここにおられる幕府の偉い方も、決して忘れないで下さい！」

啞然《あぜん》と見ている一同に、薙左はぽつりと言った。

「酒粕の意地なんでしょう……これからも、隠居与力同心の『酒粕の会』は目を光らせておりますぞ」

薙左はそう言い捨てると、逃げるように立ち去った。

その日から——。

「柄にもないことをしてしまった……」

と薙左は悔やんでばかりであった。事実、幕閣から、場所柄を弁えぬ愚行だということで、しばらく謹慎せよと命じられた。

謹慎の身ゆえ、出歩くこともできない。戸田家で無聊《ぶりょう》を決め込んでいると、絹代が訪ねてきた。そして、

「此度の一件……本当にありがとうございました……」

と深々と頭を下げた。

「あ、いや……俺は何も……」

「父の他の行李も整理していると、色々と思い出のものが出てきました」

「思い出のもの……」

「ええ。たった一度だけですが、母と私、三人で大山詣でをしたときのお守りや私が小さい頃に描いた絵や折り紙なども、大切に取っておいてくれたのです。まるで宝物のように」

「そうでしたか……」

「ええ。そして、不正を訴え出たものの、まだ小さな孫を残して死ぬ覚悟はできない……そんなことを記した書も残ってました」

「…………」

「でも、余った命……幕府のお偉方の不正のために、捨ててもよいと……」

「余った命を捨てる……」

薙左はふいに胸を突かれたようになって、目を逸らしてしまった。

「そうですな……世之助さんらしい……私は今……筆頭与力としてやらなければならないことを、世之助さんに教えられたような気がしますよ」

そう言うと、薙左の方が改めて、深々と頭を下げた。

「早乙女様……」

絹代も深々と頭を下げたとき、いつの間に来ていたのか、圭之助が凧を持って立っている。

「父上。暇でしたら、凧揚げでもして、お相手して進ぜましょう」

煌めく陽光が圭之助を照らしている。絹代も、政吉の姿を重ねたのかもしれない。

薙左はゆっくりと立ち上がって、

「ああ。いいぞ。好きなだけ揚げてやる。さあ、向こうへ行こうか」

薙左は小さな圭之助の手を握りしめると、門を出て日除《ひよ》け地の方へ向かった。絹代は手を合わせるような仕草で微笑んだ。

凧揚げに相応しい心地よい海風が、何処からともなく吹いてきた。

「でも、父上は謹慎の身ゆえ、遠い所へ行ってはなりませんと、母上が……」

「分かった、分かった。だが、ここでは風が弱い。もっと向こうへ行こう。母上には内緒だぞ。男と男の約束だ」

「男と男の？」

「そうだ。よいな」

「ええと……でも、母上は、恐いですから……」

困ったように曖昧に返事をする圭之助の手を握ったまま、薙左は凧の糸を軽やかにほぐしはじめた。たちまち、風に乗って高く舞い上がった凧を追って、父子《おやこ》は真っ青な空を仰いでいた。

第四話　泣きの剣

一

紺色の縞柄の着物の遊び人風の男が、料理茶屋『桜家』と染め抜かれた暖簾をくぐるのを見るや、北町奉行所筆頭同心・奥村慎吾はすぐさま裏手に廻り込んだ。そして、篠戸を開けて入るなり、

「——俺だ。奥村だ」

と小声を発した。

庭先の炭小屋の扉がわずかに開いて、本所方同心の青野善市と岡っ引の玉助が顔を出して頷いた。小屋の陰には、捕方が数人、潜んでいるようだった。

奥村が二階の障子窓を見上げると、気持ちよさそうに川風を浴びながら、今しがた部屋に入ったばかりの遊び人風の男が顔を出した。見るからに悪さをしそうな目つきの、日焼けした顔だ。

奥村たち町方が身を潜めているのも知らずに、鼻歌混じりである。

「……奥村様……見てのとおり、逃げ道はありません」

と青野が言うと、奥村は頷きながらも、

「抜け道や隠れ部屋はないのだな」

「はい」

「それに、あの男であることも、本当に間違いはねえんだな」

「もちろんです」

料理茶屋ならば、しょっちゅう客が出入りしているから、人の目もあろう。だが、誰にも気づかれずに来たと思っている。その余裕からか、その男は手摺《てす》りに凭《もた》れて相変わらず、端唄《はうた》を口ずさんでいる。

「しかし、奥村様……本当にあいつが、阿片の売人なんでしょうね」

「俺を疑るのか。奴は菊蔵《きくぞう》という、元は博徒の遊び人で、ここ深川にある『富乃屋』という芸者の置屋に身を寄せてる。女将とはそういう仲なんだろうよ」

「置屋住まいとは、いいご身分だ……でも、その女とも今生の別れってことですな」

青野が苦笑すると、奥村は余計なことを言うなと口元に指を立てた。

奥村がずっと阿片絡みの事件に首を突っ込んでいるのには、訳がある。自分の娘も、遠い昔に、悪い奴によって、阿片漬けにされたことがあるのだ。いつも強引な探索をする奥村を怨む奴の仕業《しわざ》だった。

近頃は、阿片ではない薬草や毒草に色々な薬を混ぜ、阿片のような効き目のあるものにして、煙管《キセル》で容易に吸えるように加工しているものを売る闇の業者もいた。それらは、確実に廃人にするのだ。

阿片の抜け荷がらみの事件は、船手奉行所が扱うことが多い。ゆえに、奥村は船手に頭を下げてでも探索をし続けてきた。だが、江戸市中に沢山出廻っている、——阿片の元締が誰か。

ということは、船手のみならず、南北両奉行所もはっきりと摑んではいない。いや、分かっていても、触れてはならぬ何かがあって、奥村が突き止めようとした矢先に、霧の如《ごと》く逃げられたことは一度や二度ではない。

「とにかく、たった一人でもいいから、売人を捕まえて、始末しなきゃならねえ」

と奥村は考えていた。殺しや盗みは悪いことだが、人の人生を狂わせる薬物を扱う輩は、断じて許せない。こんなことを言うと、縄張りの商人から袖の下を求めるような奥村の阿漕さを知っている同心仲間は、

「てめえのことは棚に上げて、よく言うぜ……」

と呆れられるところだが、奥村は意地になっていた。

それに、薬物犯は探そうにも、誰が悪くて誰が被害を受けたかが明瞭に分かりにくいゆえ、捕縛しても確たる証拠が出ない。お白洲でも決着がつかないことが多かった。だからこそ、地を這うような探索が肝心だったのだ。

だが、昨今は他にも凶悪な事件が多発しているから、阿片のことを定町廻りだけで調べるのは困難である。隠密廻りや臨時廻り、さらには船手奉行所の手を借りて、奥村も長らく探索していたものの、悪の巣窟を探しだして大掃除することはできなかった。だから、どんな陰口を叩かれようと、今でも阿片を扱う輩を憎んでいるのである。

阿片の密売で捕らえられた裏社会の大物や事件に関わった渡世人らを、奥村は以前に一度、洗い出したことがある。バラバラの事件であっても、阿片は抜け荷絡みが多いから、どこかで繋がっているはずだからだ。しかし、毎度のことながら、肝心なときに逃げられた。ということは、

——町奉行所の内部にも、阿片密売の仲間がいる。

その可能性があるのだ。今までも何度か、不行跡を叱責《しっせき》されて、奉行に十手を返したこともある奥村だからこそ、気づいたこともある。そして、何十日にもわたる探索を続けた果てに、菊蔵という元渡世人に目をつけたのである。金、酒、女、喧嘩、阿片……と奴の周りにはそれしかないのだ。

そう思いながら、奥村は、二階の窓を見上げた。

「奥村様。後は、私たちに任せて下さい」

家に帰れば、二十年余り連れ添った女房と子供たちがいる。かつて、阿片で犠牲になった娘は、八千代《やちよ》といい、当時はまだ十三の年だった。

しかも近頃は、女房の体調もよくない。町方同心の妻は常に心労が絶えない。元々、強い体ではなかったせいか、病床に伏すことが多くなったという。高熱に浮

かされて、自分が誰かということも分からなくなるときもあるほどだ。そんな話を聞いて、青野なりに気遣ったのだが、

「余計なことは案ずるな。それより、絶対に逃がしちゃならねえ。どうでも捕らえなきゃ、それこそ、女房や……死んだ娘に申し訳が立たないからな」

死んだ娘――という言い草が、なんとなく他人事のように聞こえたが、青野と玉助は頷くしかなかった。

「承知致しました。大捕物になると思いますから、奥村様もお覚悟を」

「言わずもがなだ」

奥村はしかと返して、

「おまえたちこそ、俺の足手まといになるんじゃねえぞ」

相変わらずの悪態をついて、鉢巻きをして襷《たすき》がけになると、一刀流の腕が鳴ると小声で言いながら、気合を入れた。

「では、おのおの方！」

いざ踏み込もうとした、そのときである。

「しばし！　待ってくれ、奥村殿ッ」

裏手から、薙左が慌てた様子で飛び込んで来た。

「なんだ、おぬし……一体、どうしたというのだ」

と炭小屋の陰に隠れて、奥村は訳を訊いた。

「ここは、退散をして下さい」

「どういうことだ……この場は、船手のおぬしの出る幕ではない」

奥村が責めるように言った。

「それがあるのです」

「なんだと？」

「この店は、私も前々から、目をつけていたのです」

すぐ目の前に掘割があって、薙左は毎日のように様子を窺っていたのだ。

「奥村殿。この料理茶屋は、下っ端の集まりに過ぎませぬ。もしかすると、囮《おとり》やも……町奉行所の動きを試している節もあります」

「それでも、目の前の咎人を捕らえる意味はあろうッ」

焦ったように奥村が言うのへ、薙左は珍しく必死に止めた。

「奉行所内に阿片一味と通じている者がいることは、奥村殿も感づいているはずです。そっちをハッキリさせることが近道ですぞ」

「黙れ、早乙女！……おまえは、あのときのことを……」

あのときというのは、五年程前のこと。同じような阿片の探索中に、密かに潜入させていた岡っ引が殺された。そして、奥村の娘も狙われるキッカケになった事件のことである。

「同じ過ちを繰り返すと思うてか……」

奥村は半ば意地になったが、薙左は懸命に説得をした。

「そうではありませぬ。あの菊蔵は、つい先日まで佐渡送りになっていた奴で、阿片については、まだ素人《しろうと》同然です」

「！……」

「それに、この料理茶屋の女将も、どうやら仲間のようなのです」

「だったら尚更、一網打尽にするまでだ」

気丈に踏み込もうとする奥村に、薙左はしがみついて、

「冷静になって下さい。これは、明らかに罠《わな》です……奥村殿、どうか……」

「うるせえッ。そっちは与力でも、船手のてめえになんぞ、指図は受けぬ。どけい

ッ」

思わず奥村は薙左を押しやり、腹の底から声を張り上げて乗り込んで行った。

「やい菊蔵！　阿片を売った疑いがある！　もはや、ここは取り囲まれておる！　聞こえるか！　神妙に縛につけい！」

激しく体を揺すりながら、店に踏み込み、二階まで駆け上がった。しかし、そこには、すでに菊蔵の姿はなかった。

「な、なに……!?」

奥村は狼狽しながらも、探せ探せと捕方たちを懸命に煽った。薙左はもはや、止めることもできずに、裏庭から見上げていた。

「まだ近くにいるはずだ。探せえッ！」

青野も玉助も叫んだが、空《むな》しく響くだけであった。どこにも、菊蔵の姿はなく、ぐるりと取り囲んだ町方役人も、逃げ出してくる者を誰ひとり見つけることはできなかった。

「――ど、どういうことだ……？」

奥村は狐に摘《つま》まれた感じで、菊蔵を探し廻った。すると、床の間の掛け軸の裏に空洞があって、その先には階段が続き、すぐ裏手にある掘割に出られるようになっていた。よくある仕掛けである。掘割に面した塀には道はなく、対岸が土蔵の壁になっていて、まったくの死角になっているのだ。

「まさか……ここから、舟で……！」

奥村の怒りは突然、薙左に向けられた。

「おまえが邪魔をしたからだ！　おまえこそ、阿片の売人と通じてやがるのか！」

「ばかなことを言わないで下さい」

「だったら、なんで逃げられるのだ。貴様ア！　いつも俺の邪魔をしやがって！」

両手で薙左の首を摑むと、そのまま吊り上げようとした。奥村の物凄いバカ力に、

「──う、うぐ……」

俄に薙左の顔が赤くなったが、膝蹴りをして手首を捻って横倒しにすると、

「慌てなさんな。こういうこともあろうかと、舟も待機させておきましたから、必ずや尾けていると思います」

それでも奥村は怒りが収まらず、薙左にまた摑みかかろうとしたが、また小手投げで抛《ほう》り投げられた。

しかし、舟には逃げられ、ねぐらにしているはずの置屋にも、菊蔵は姿を現さなかった。その菊蔵が死体で上がったのは、その十日程後のことである。

洲崎沖で、漁師網に菊蔵の死体が引っかかっていたのだ。首筋に、幾つか錐《きり》のようなもので突かれた痕跡があったことから、殺された上で棄《す》てられたと判断された。

二

同じ日の夕暮れ――。

富岡八幡宮から仙台堀に抜ける小道に、鮫島拓兵衛がいた。船手の筆頭同心ではあるものの、薙左の下に仕えているわけだし、まだ一兵卒のつもりであった。

逢魔《おうま》が時という刻限で、擦れ違う人の顔が薄ぼんやりとなる。路地にはいると屋敷の植え込みの木や塀によって、ますます暗くなる。江戸には『伊勢屋』という屋号の商家と『稲荷神社』が多いというが、例に洩れず、小さな稲荷に賽銭《さいせん》をなげたときに、黒っぽい着物の侍と擦れ違った。羽織には、〝丸に三つ葉葵《あおい》〟という徳川御一門の家紋があった。

一瞬、それが見えた鮫島は、とっさに軽く頭を下げたが、すれ違ってしばらくすると、

「うぎゃあ！」

と悲鳴が轟《とどろ》いた。振り返った鮫島は、すぐさま声のした方へ駆け戻ると、商人風の男が海鼠塀《なまこべい》に寄りかかるように倒れていた。そのすぐ背後には、今擦れ違ったばかりの侍が立っていて、必死に逃れようとする商人風の背中を斬りつけた。

「――ううッ……」

悶絶して商人風が倒れるのへ、侍はさらに留《とど》めを刺そうとしたが、一瞬早く、鮫島の投げた小柄が、相手の腕に命中した。すると、敵は逃げ出し、近くの路地に向かった。

「待てッ！」

思わず呼び止めた鮫島の声に、商人風を襲った侍は振り向きもせず駆け去った。

鮫島は斬られたばかりの男に近づいて、

「おい。しっかりしろ……傷は浅いぞ……」

と言いながら抱き起こしたものの、すでに息絶え絶えである。

「大丈夫だ……しっかりしろ……今、医者に連れてってやるからな」

鮫島が男を背負おうとしたとき、眼前に、路地に消えたはずの侍が立っていた。

いかにも武芸者の風格ではあるが、落ち着いた目をしている。体は一見、華奢《きゃしゃ》ではあるが、筋金入りの剣客だと鮫島は見抜いた。目も凜と輝いている。商人を背後から斬るような卑怯者には見えなかった。

「貴様……何故、この者を斬った」

と鮫島はおもむろに腰の刀に手をあてながら睨むと、相手の目も鋭い光を発して、

「――抜け」

「死にたいのか……貴様の腕では俺を斬ることはできぬ」

「強がりはよせ」

相手は遠慮なく鯉口を切った。鮫島も同時に鯉口を切ったが、相手は斬り込んでくる体勢ではなかった。

「この顔を見られた上は、やむを得まい」

侍が刀を素早く抜き払った瞬間、鮫島は半歩下がって、相手の切っ先を弾き返した。その鋭い居合いに、侍はほんの一瞬、唇を歪ませて、

「なかなか……おぬしのような相手を待っていた」

「下らぬ。死に場所を探しているのなら、勝手に切腹でもなんでもするがいい。この商人を何故、斬った。言えッ」

「そいつは、生きる値うちのない人間だからだ」

「……それで闇討ちか」

「ま、そんなところだ。同じ目に遭いたくなければ、見逃してやるから逃げろ」

「なんだと……？」

顔を見られた上はやむを得まいと言っておきながら、妙なことを言う奴だと思った鮫島は、自分の方から気合を入れて斬りかかった。むろん捕らえるためだが、相手はそれを見抜いていたかのように、小柄を投げ打ってきた。寸前、見切って避けた鮫島に、相手は鋭く刀を打ち落としてきた。一閃《いっせん》、二閃、刃を交えたが、弾みで鮫島の雪駄が側溝に落ちた。

そのとき、表通りの方から、

「人殺しだア！　わあ、人殺しだよう！」

と叫びながら走ってくるお藤の姿が見えた。

そういえば、お藤は加治を慕って、富岡八幡宮あたりに住んでいるのだったと思い出した。お藤と一緒に、なぜか御用提灯もいくつか浮かんだ。その瞬間、

――今の侍は、お上に追われていた奴か。

鮫島はそう思ったが、相手はふっと笑みをこぼして、路地へ逃げ去った。思わず追って行こうとする鮫島の額に、太刀が振り下ろされた。

相手は待ち伏せをして攻撃してきたのだ。素早く刀で受けたが、勢いが鋭く、自分の刀の峰でしたたか顔を打ってしまった。

「うぐッ……！」

衝撃を受けて声が洩れたとき、二の太刀が横から払われてきた。ブンと空を切る音がして、これもまた本能で避けたものの、脇腹を切り裂かれる鈍い打撃を感じた。

幸い、帯の上を直撃したようで、胴を真っ二つに斬られることはなかった。が、声を出しながら近づいてくるお藤の身のことの方が気になった。

「来るな！　来てはならぬ、お藤さん！」

必死に声を発した鮫島の首に、相手の切っ先が届きそうだった。思い切り仰け反って避けた鮫島は、そのまま背中から地面に倒れてしまい。受け身ができず、図ら

ずも背中をしたたか打ってしまった。

一瞬、息が止まり——目の前が真っ暗になった。遠くで、

「鮫島さん！　死なないで、鮫島さんってば！」

叫び続けるお藤の声がしていたが、しだいに聞こえなくなっていった。


その夜——。

鮫島が瀕死の重傷を受けたと、お藤から報された薙左は、担ぎ込まれた松蔭《しょういん》医師の診療所まで駆けつけた。

診察室の布団で鼾《いびき》を立てて眠っている鮫島を見るなり、

「なんだ。ただ寝てるみたいだが」

「違うの、薙左さん……本当に凄い使い手だったンだから。鮫島さんがこんな目に遭うなんて初めてじゃないかしら」

お藤が心配そうに顔を覗くのへ、薙左は訊いた。

「何があったのだ」

「丁度、八幡様一の鳥居の所を通ったところに、御用提灯を抱えた人たちが何人か

いたので、変だなあと思っていたら、鮫島さんが……腕利きの侍にやられていて」

「御用提灯……？」

「その人たちもね、たまたま誰かを探していたみたいなんだ。ほら、加治さんの配下、川船同心の青野様の命令で」

「サメさんを斬った相手は」

「どこかへ逃げてしまった……顔ははっきりは見えなかったけれど、浪人というよりは、ちゃんとした何処ぞの家臣のようだった。羽織もきちんと着ていたし」

「まさか、刀の試し斬りでもあるまいが……斬られた商人の方はどうなった」

松蔭は首を振って、

「ここへ担ぎ込まれたときには、もう……自身番の番人たちが運んでいきましたが、身元はそろそろ分かっているんじゃないかねえ」

と言った。薙左は溜息をついて、

「ま……大事なくてよかった……それにしても、サメさんを倒すとは、よほどの剣客なのだな。それほどの奴はそうそうおらぬから、探し出すのに造作はあるまい」

たとえ武士であっても、辻斬りのように問答無用で殺すのは死罪である。無礼討ちであったとしても、斬った武士は主家から切腹させられることもある。

「お藤さん……子供扱いするわけではないが、あまり一人では出歩かない方がいいな……もしかしたら、その剣客とやらは、あんたの顔も覚えているやもしれぬ。加治さんに頼んで守って貰った方がいい」

「ああ、やだやだ……近頃は辻斬りも多けりゃ、盗みに騙りに阿片……なんだか、いつから江戸ってところは、悪党の巣窟になっちまったんだろうねえ」

「うむ……」

「やっぱり、異国船がどんどん来て、色々な条約を結んだり、湊を開いたりしているからじゃないかねえ」

「かもしれぬな……それにしても、サメさんがこんな目に遭うとは、油断したのかな……本所方も斬った奴を探し廻ってるらしいが、見つかるかどうか……」

と薙左は心配そうに言った。

それからしばらくして、目が覚めた鮫島に、薙左はほっとした顔で、

「猿も木から落ちることがあるのだな」

「……？」

額や首の痛みを我慢しながら起き上がると、お藤がいるのにも気づいた。

「サメさん……斬ってきた相手の顔、覚えているかい。そいつは、おまえが助けようとした商人も殺した咎で、奉行所でも追っている」

「商人……」

「残念だが、まだ身元は把握してない。肝心なのは斬った方の奴だ」

「え、うう……」

まだ痛みが続くのであろう。首をゆっくり捻るように薙左を見やると、

「──失礼だが、そこもとたちは、どなたかな？」

「ふざけないで下さいよ、鮫島さん」

お藤が笑いかけると、鮫島は首を傾げて、

「私は……鮫島というのか？」

と答えたので、松蔭は衝撃による物忘れではないかとすぐに疑った。

「いや。サメさんは時々、こういうおふざけをするからな」

薙左が言うと、お藤はそうではなさそうだと心配そうな表情になった。

「……おまえたちは、一体誰だ？」

あまりにも真顔で言うので、松蔭はやはり一時的な物忘れだと判断して、しばらく安静にさせようと横にさせた。鮫島も頭が痛いと言いながら、目をつむった。そして、静かに眠りはじめた。

「このままってことはないだろうな、松蔭先生」

「ああ……ひとときのことであろう。とはいえ、頭を強く打ったのだから、きちんと様子を見ねばなるまい」

「それにしても……鮫島さんをここまで追い込むとは、世の中、上には上がいるものなんだねえ」

お藤が溜息混じりに言うと、

「強運の持ち主のサメさんのことだ。すぐによくなるよ」

と薙左は言ったが、頭の中では、鮫島を斬った武家のことが気になっていた。すると、お藤が付け加えた。

「昨夜の事件の後、奥村さんも伝法院の助六《すけろく》親分に命じて、この辺りを探らせたらしいのですが、未だ何の報せもない」

「助六親分、か……」

薙左は厄介そうな目になった。

「あまりいい噂は聞かないな……この辺りは助六の縄張りだし、奥村さんから御用札を貰っているから、少々面倒だな」

「でも、サメさんがこんな目に……」

「分かってるよ。ただ、北町奉行所は、例の菊蔵殺しの一件でバタバタしてる。阿片の一件も関わっているから、俺たちも出向いてきたわけだが……うちの奉行はほれ」

「え……？」

「親父殿の失脚で、すっかりしょげてしまって、まるでやる気がない」

愚痴めいたことを薙左が洩らしたとき、玉助が入ってきた。

「青野さんの使いかい？」

薙左が声をかけると、玉助はなぜか遠慮がちに答えた。

「お取り込み中ならば、後にします」

「別に取り込んじゃいねえよ」

「でも、葬儀の日取りとか……」

「鮫島さんは至って元気だよ」

薙左は穏やかに返したが、お藤は「なんだってえ！」と険しい顔で立ち上がった。

玉助は思わず頭を抱えて逃げ出そうとした。

「申し訳ありません……青野さんが、もう駄目だと言ってたもので……」

何度も謝る玉助を、お藤はコツンとやって、「叩きにしてやろうか、おい！」

と鉄火芸者のように肌を脱いで見せそうな勢いだった。

三

はるばる鉄砲洲の『あほうどり』まで、玉助を連れてきたのは、船手奉行所が目の前だというのと、薙左にちょっとした考えがあったからである。奥の食卓を陣取って、

「こいつを叩いてくれ」

と厨房に見えた戻り鰹《がつお》を指した。

「ついでに、こいつの頭も棍棒で叩いてやってくれ。サメさんが死んだなんて、岡

っ引としちゃ配慮が足らなさ過ぎるってんだ」

「まだ、言われるンですか。もう、ご勘弁を……」

しきりに頭を下げる玉助の頭を、薙左はちょこんと小突いて、

「本当はおまえには見所がある。そろそろ、奥村さんから離れた方が、おまえのためだと思うがな……一人前の岡っ引になりたきゃよ」

「へ、へえ……」

「ま、どっちも、どっちか」

煮こごりを運んできたさくらが、鮫島の身を心配していたが、薙左は大丈夫だとだけ答えて、記憶を失っていることは話さなかった。鮫島がそのときのことを思い出してくれれば、相手の武士を見つけやすいのだが、時が解決してくれるに違いない。

近くの船着場から、船頭歌が聞こえる。やはり、ほっとするひとときだった。江戸は諸国の人々の集まりであるが、この辺りは廻船と艀によって発達してきたから、湊町の情緒が漂っていた。

近頃、『あほうどり』は鮫島の勧めもあって、白木一枚の〝付け場〟を設けた。

がさつな海の男ではなくて、近場の廻船問屋や蔵問屋の番頭や手代たちも客筋にしていたからである。暖簾も新調して、さくらの花びらをあしらった明るい店にしていた。奥に格子戸があり、さらに水を打った石畳があって、奥に坪庭がある。女らしい風情だ。

薙左は端っこの席に座ると、いつもの穴子丼も頼んでから、冷や酒をやっているうちに、鰹のたたきが並んだ。生姜《しょうが》に酢醤油で味を調えて、頬《ほお》がほろりとなったとき、昆布締めの小鰭《こはだ》も出てきた。

「さくら……おめえ、腕を上げたな……板前なんかいなくたって、ひとりでやっていけるんじゃねえか」

「簡単に言ってくれるけどね、女ひとりは大変なんですからねえ」

「ま、さくらなら、婆さんになっても、元気にやってると思うぞ。でも、誰かと早く幸せになって欲しいとも思う」

そう言いながら実にうまそうに薙左が食べると、玉助はあまり浮かない顔で、

「食べ物も酒も後でいただきます」

「なんだ。腹は減ってないのか」

「御用のときには食べてはならないと、奥村の旦那が……」

と言いながらも、ゴクリと喉を鳴らして、たまらず箸を摑んで、ぱくついた。

「体は正直なんだよ……で、玉助。何か分かったンだな」

「はあ、うまい……」

薙左は楽しそうに笑った。

「どうなんだ」

ひとしきり鰹のたたきを食べて、酒をぐびぐびとやってから、

「はい……洲崎沖で見つかった菊蔵が殺されたのは、実は、すぐ近くの海辺大工町だったのです。ええ、見た者がいるんですよ」

「それは本当か?」

「菊蔵とは牢仲間だった男が、たまたま出会って、声をかけたらしいんです。そいつは今はまっとうな職人ですがね。会った直後、どこぞの御家中らしき侍に殺られちまったのです。でも、そいつは自分も殺されると思って、恐くなって逃げたらしいんです」

「どこぞの家中の者……」

「へえ」

「その人相風体は？」

「一見すると細身の華奢な感じの男で……特に強そうには見えなかったけれど、目には異様なほどの力があったとか」

「ふむ……お藤さんの話に近いな」

「牢仲間の話だけですからね、今のところ、まだそれだけの話しか分からないので、身元までは摑んでません」

「ふうん……はあ、うめえなあ。この煮はまぐりも、柔らかくてたまんねえなあ」

薙左はさっさと食って飲んで、穴子丼もかっ込むと、

「さくら。今日は、玉助親分の奢《おご》りだってさ」

「あ、いや、困りますッ」

「これくらいのことで、男の器量が疑われますよ」

ポンと玉助の肩を叩くと、爪楊枝を嚙みながら表に出た。

「さ、早乙女の旦那……！」

転がりながら追いかけようとする玉助の前に、さくらが立って、

「慌てない、慌てない。大丈夫ですよ。薙左さんは、ああ言ってるだけ。船手奉行所につけときますから」

「ああ、ほっとした」

「それより、私も奥村の旦那なんかより、薙左の旦那の方が頼りになると思いますよ。武士は食って爪楊枝。戦《いくさ》の前には腹ごしらえ。きっと、何か閃いたンじゃないですかねえ、薙左さん」

「何を」

「探索のことですよ。よく、うちで食べてるときに閃くンです。私の料理が好きだから、きゃはは」

さくらに煽られるように、玉助は茶を口でゆすぎながら、飛び出ていった。

その足で——薙左と玉助が向かったのは、海辺大工町の小名木川沿いに連なる武家屋敷の通りだった。むろん、岡っ引の助六に会うためである。この辺りを根城にしているから、武家との顔も繋がっている。
霊厳寺の裏手に、小名木川から引き込まれた掘割があって、小さな池のようになっていて、船着場がいくつかあった。人の出入りも多く、船着場のすぐ側に自身番があった。薙左たち船手がよく〝ひらた舟〟で通る所だから、目をつむってでも漕げる。

　ガタついた戸を開けると、自身番の家主とバカ話をしていた助六がいた。玉助とは正反対の、がっちりとした体つきで、いつも風呂上がりのようにこざっぱりとしている。穏やかな瓜実顔だが、どこか人を寄せつけない雰囲気を発していた。

「これは、助六親分さん。ご無沙汰ばかりをしております」

　玉助がへりくだったように声をかけた。

「……ああ、玉助親分か。たまには顔を見せないと忘れちまうよ」

「へえ。今日はちょいとお頼みがありまして、参りやした」

と腰を低めたまま、薙左を招き入れると、助六の方もすぐに気づいたようで、

「これは、船手奉行所与力の早乙女様じゃございやせんか……こちらこそ、久しぶりでございます。今日は、これではないので？」

　小指を立てる助六に、薙左は笑いかけた。

「俺はもう妻子持ちなんだ。本当は家に帰って、ガキと遊びたいところなんだが、

阿片一味のことやら、昨夜の菊蔵殺しのことやら、どこぞの商人殺しのことやらで、町方でもないのに狩り出されてね」

「そりゃ大変なことで」

「他人事のように言いなさんなよ。助六ももう色々と掴んでいるンじゃないのかい。下っ引を何人も抱えている、腕利きの十手持ちだからな」

「皮肉はよして下さいよ……早乙女様がどういうお人かってことは、こちとら重々、承知しているんですから」

「ほう、どういうふうに?」

「油断ならない御仁だと」

「それはお互い様だ」

　薙左は相手を見据えたまま、

「で……ゆうべのことを訊きたいのだがな」

「ゆうべのこと?」

　わざと率直に、薙左は訊いた。

「うちの鮫島のことは……知っているよな、おまえさんも」

「睨まれたくない相手です」

「そうじゃなくて、サメさんも昨夜、何処その家中の者に危うく殺されそうになったのだ。あの腕前をして、負けるとはな」

「油断してたんじゃないですかね」

「思わず、商人を助けようとしてのことらしいが、そいつの身元が分かったかどうか知りたくてな」

「——いえ、それが、まだ……」

「何か、気づいたことはないかね」

「何かというのは？」

「たまたま、その場に来たお藤や捕方の話では、細身の侍だった。すぐに姿を消しているのだが、もしかしたら、この辺りの武家屋敷に逃げ込んだのではないかとも思われるんだ」

「らしいですな……こっちも番人や町内の鳶《とび》たちも狩り出して探し廻って貰ったんですが、特に怪しい侍は……」

「いないと？」

「ええ。でも、鮫島さんは顔を見ているのですよね？　会えば分かるのでは？」

「うむ、それが……」

　頭を打って物忘れをしていると、薙左は伝えた。

「えっ、物忘れ……へえ、そうですかい」

　残念そうに言った助六の目がほんのわずかだが、ギラリとなったのを薙左は見逃さなかった。

「忘れてしまってるんですかい……」

「自分のこともな。まあ、ひとときのことだと町医者は言っているが、どうなることか、俺は心配で心配で……」

「そりゃ、大変なことになった……こうなれば、俺たちも性根を入れて、下手人を探さねえといけやせんね」

　助六は気合を入れたが、それは口先だけのことであろうと薙左は思った。本当は何かを知っている目つきであった。

　かつて、この助六は誰にも先駆けて、手柄を取ろうとしていた。そのためなら、仲間を引きずり落とすのが当然だった。玉助も捕り物絡みでは、沢山、痛い目に遭わされていた。

「だから、助六。おまえさんにも、ちょいとばかり手伝って貰いたいんだ。この辺りの武家屋敷には、顔が利くらしいじゃないか」

「いえ、それほどでも……」

「このとおりだ。頼む」

薙左が頭を下げると、助六は腰を上げて、

「そんな真似はおやめ下せえ……早乙女様のお頼みであれば、なんだっていたしますよ。あの戸田泰全様のお婿様だしね、ええ」

少しばかりぎくしゃくとした挨拶をした後、助六は底意地の悪そうな目になって、

「でも……こういっちゃ何ですが、ただ働きは御免ですぜ」

「分かってるよ。これは、少ないが……」

懐から一分銀を出した薙左は、助六の手に握らせた。

「――旦那ア……子供の使いじゃないんだから、こんな端金《はしたがね》はねえでやしょ」

「まあ、そういうな。一両の四分の一だぞ。俺にしてみれば、大金だ」

「……………」

「人情に厚い助六親分じゃないか。なんとか頼むぜ、ええ?」

わざとらしく薙左も押しつけた。

何か言いたそうに、助六は口元を歪めたが、仕方がないとばかりに頷いて、

「でも、何も分からなくたって、これは返しませんぜ」

助六は中腰のまま頭を下げた。そして、意味ありげにほくそ笑んだのを、薙左はじっと見つめていた。

四

薙左と玉助は、富岡八幡宮境内《けいだい》に来てみた。鮫島を襲った後、侍が逃げて来たと思われる裏手の方まで歩きながら、

「もし、菊蔵を殺した奴と、鮫島を倒した侍が同じ人物だとしたら……阿片にも関わっているということか……?」

「そうでやすねえ……」

「まったく……お藤さんの言うとおり、近頃は、異国の船から持ち込まれているよ

うだから、困ったものだ。こっちから踏み込んで調べるわけにもいかぬしな」

「ええ……」

「この国も、エゲレスに中国のようにされては困る。何とかせねばな」

「あっしには、そういう話は……」

分かりませんと、玉助は首を振った。薙左にも難しい話だ。

幕閣たちは、ちゃんと異国とやりあっているのか、不安で仕方がなかった。江戸湾の中にも異国船がいるご時世だ。大砲だって撃たれた。なのに、こっちには手を出すなの一点張りだ。もっとも刃向かったところで、蟷螂《とうろう》の斧《おの》だが、座して死を待つつもりはない。

もっとも、薙左の親父は〝義賊〟として戦った。その気概や熱い血潮は、引き継いでいるから、常に心の奥では、

——異国船をなんとかせねば。

という思いが焦りのようにあった。とはいえ、目の前の事件である。

「俺が引っかかっているのは、菊蔵の女も……『桜家』から消えたままだということだ。おまけに、鮫島が助けようとした商人も……」

「ええ。その商人も仲間かもしれないし……あるいは、とんでもねえ何かを見たのかもしれません。だからこそ、斬られたンじゃねえか……」

「……やはり裏に何かありそうだな」

「鮫島さんも、改めて狙われるかもしれませんね」

「うむ……」

鮫島は船手奉行所の筆頭同心だから、常に誰かに怨まれて狙われることがあるだろうが、そのような目に遭わせたくはない。松蔭の診療所も気をつけておかねばならぬと、薙左は思っていた。

「旦那もそうでしょうが、俺たち十手御用を預かる身の者は、いつ何処で殺されるかも分かりませんね」

「そうならぬよう、さっさと下手人を探せ。でないと、本当に……」

首をかっ切る真似をする薙左に、玉助はぶるっと震えて、

「よ、よして下さいよ……縁起でもねえ……俺だってまだ……死にたくありやせん」

つまらぬ話をしながら歩いてくると、境内の裏道から、お藤が小走りで来るのが

見えた。何やら必死の形相である。

「――薙左さん……薙左さん！」

「なんだ、またお藤さんか。ひとりじゃ危ないって言ったでしょうが」

お藤はずっと鮫島の容態を見ていたのだが、ハッと思い立つことがあって、駆けつけてきたのである。

「どうした。サメさんが正気に戻ったか」

「ううん。でも、薙左さんこそ……大丈夫でよかった……何事もなくて」

「な、なんだ……」

ほっとひと息ついて、お藤は答えた。

「松蔭先生の所に、妙な輩が数人来て、眠っている鮫島さんを殺そうとしたの」

「なに!? それを先に言え！」

薙左が駆けだそうとするのを、お藤は止めて、

「でも、大丈夫。丁度、加治さんが来てくれていたから、簡単に追っ払ってくれた。掠り傷ひとつないわ。でも……」

「でも？」

「まだ、鮫島さんは元に戻らなくて、その騒動を見て、咄嗟《とっさ》に加治さんを悪い奴だと誤解して斬ろうとしたの」

　薙左は信じられぬと驚き、玉助にも緊張が走った。何か大事なことを聞き損ねたような顔で、もう一度、問い返した。

「お藤さん……で、他の人たちも、大丈夫だったのですか」

「寸前のところで、鮫島さんは我に返って……でも、また頭が痛いって……」

　寝込んだというのだ。相当な重傷だなと薙左は思った。もしかしたら、頭に受けた打撃よりも、打ち負かされたという心の傷の方が大きかったのかもしれぬ。

「――しっかり、見守っていて下さいね。薙左さん……」

　鮫島ですら、暴漢に襲われて酷い目に遭ったのだから、薙左にも何があるかわからないと思っているのだ。

「寝たきりなんかになられては、私が困りますからね……あ、加治さんのことですよ……あの人も、そろそろお役人を辞めたらどうでしょうねえ。加治さんひとりくらい、私が面倒見ることができますし」

　まるで女房のように、眉間に皺を寄せるお藤を、玉助もじっと見ていた。薙左は

両手を振りながら、

「俺に言っても仕方がないだろう。カジスケ……いや、加治さんに直に言えばいい
……あ、でも、加治さんは辞めないな」

「え、どうして」

「役所で小耳に挟んだところでは、どうやら、浦賀奉行所か、今度、長崎にできる海軍伝習所に行くことになるらしいですよ」

「えっ……そんな話は加治さん、ちっともしてなかったわよ……嘘でしょ、ねえ。行かないわよね、そんな遠いところ……薙左さんの力で何とかして」

「——あの……おふたりさん」

薙左とお藤の間に、玉助が割り込んで、

「……今は御用中なので、余計な話は後でしてくれませんか」

「あ、そうだった。玉助親分には話してませんでしたがね、薙左さんは腰のものの刃を研いでませんから、悪い奴には気をつけて下さいよ」

「そうなのですか？」

「人は斬りたくないって信条は分かりますけどね、近頃は、やたら刃物を振りまわ

す輩が多いから、気をつけないと……それに、鮫島さんが狙われたってことは、きっと口封じでしょ。探索してる薙左さんも危ないよ」

「こっちは船手の役人です。危なくて当たり前ですよ」

薙左は、己のことも忘れていた鮫島の姿を思い出して胸を痛めた。お藤は心配をしながらも、

「もしかして、嫌なことも忘れちゃったかもね。ああ、私も忘れたい」

「不謹慎なことを……」

「ごめんなさい。私、本当のことしか口にできないから。ごめんね」

とお藤は、子供のように謝った。

「とにかく、お藤さん……サメさんはこの辺りで、誰かに襲われたンだから、あまりうろうろしちゃだめだ」

「そんなことより、玉助親分も、別に伝法院の助六親分なんかの顔色を窺うことなんかないよ。パパッとやらなきゃ」

また余計なことを言うと思った薙左だが、助六のことは一連の事件に関わりがあると疑っていた。薙左たちが訪ねた直後に鮫島が狙われたのは偶然ではあるまい。

「あ、そうそう。こっち、こっち」

とお藤は何を見つけたのか、駆けだした。加治が船手にいるときも、探索の手伝いをすると、しゃしゃり出てきたこともあるが、意外と直感は優れていた。そう感じたこともある薙左だが、

——一体、何を考えているのだ。

というのが正直な思いだった。傍《はた》から見ていると危なっかしいことが、よくあった。

お藤が駆けつけた先には、掘割があった。その淀《よど》んだ水を見たとき、玉助は菊蔵の亡骸を思い出した。

網にかかって引き上げられた菊蔵の遺体には、傷口が数カ所、いずれも錐のようなもので刺された傷があった。奥村と玉助が検分していると、

「後はこっちで調べる。下がってよいぞ」

そう言いながら、駆けつけてきていた梶本徳三郎《かじもととくさぶろう》という目付が、ふたりを追っ払おうとした。阿片絡みの疑いがあるから、町方は差し控えろという意図だった。

「この菊蔵は……異国船とも繋がりがあり、阿片のことで、目付が長い歳月をかけ

て調べていた……どうも裏がありそうだ」

と曰《いわ》くありげに語った。梶本ならば、薙左も何かの事件で会ったことがあるが、
玉助は、今思えばそれも妙だったと回顧した。

「どう妙なのだ……？」

薙左が訊くと、玉助は頷いて、

「そんとき、伝法院の助六親分も一緒だったんですよ」

助六は奥村から御用札を預かっていたはずだが、目付の下働きもしていたのかと、
薙左は疑念を抱いた。

「うむ……そういや、梶本さんは以前は、北町の隠密廻りだった……奥村殿とは犬猿の仲だったとの噂も……もっとも、奥村殿と馬が合う人間なんざ、めったにいないがな」

「おっしゃるとおりで……でも、なんとも妙な塩梅《あんばい》でしたが」

——引き上げられた菊蔵はなんとしても、北町で預かる。

と奥村は言い張ったものの、目付が出てきては厄介だ。だから、奥村も身を引いたが、どうも後味が悪かったという。しかも、梶本も変人で、一度、こうだと言い

出すと、相手が誰であっても、頑固に主張する。意地っ張りな上に、腕っ節も強いから、奥村も争いは避けたかったのであろう。

本来、探索に〝縄張り〟があるわけではない。たしかに、町奉行所の与力や同心は、町場の探索に限られているが、事件が町場であったのだから、探索をして当然である。だから、梶本が強引に目付の事件として扱ったとしても、町方は町方で勝手に探索することはできるのである。

「あっしは、もっと真面目に端から探索するべきでした。へえ、菊蔵を殺した奴を探し出しさえすりゃ、阿片の元締も……」

引きずり出すことができるかもしれないと、玉助は後になって思ったのだ。

「まだ遅くはあるまい。これからだ」

と薙左が言ったとき、

「ほらほら、見てよ。おふたりさん！」

呼びかけるお藤の声に、薙左と玉助は振り向いた。道端にしゃがみ込んで何かを見ているお藤は、

「——ここ……それから、こっちも……これって、血の痕《あと》じゃないかしら」

「うむ。そのようだな」

「もしかしたら、殺された商人ってのは、ここで、他に人が殺されたのを見て、それで命を狙われたのかもしれない」

お藤がそう言うと、薙左は不思議な気持ちが湧き起こった。辺りを見廻すと、片方だけの下駄が落ちていた。もう一方は、どこにもない。

「玉助。これが、誰の下駄か洗ってくれ」

「え、これを……」

「分かりっこねえと思ってるンだろう？　だが、この鼻緒はすげ替えられていて、金具が新しい。意外とすぐに見つかるかもしれねえぞ」

「へ、へえ」

玉助が頷くのへ、薙左は付け足した。

「ここで殺された誰かを見た者がまた殺され、これまた他に運ばれたんだ。菊蔵のようにな」

薙左と玉助が頷き合ったとき、少し離れた雑木林の陰から、遊び人風の者が数人、じっと見ている姿がお藤の目に入った。

「――ねえ、あいつら……」

「先刻承知の助よ。どうせ、助六に命じられてるんだろうよ」

そう呟いた薙左は覚悟を決めたように、

「俺は、梶本さんとかけあってみる。もしかしたら、阿片の一件についても、何か摑んでいるかもしれないからな」

「素直に話すお人ではないと思いますが」

「だったら奥の手がある」

「奥の手？」

「奥村殿にぜんぶ、ぶちまけてしまうぜと脅すまでだ。梶本さんも、奥村殿にしゃしゃり出てこられたら、いい気はしないと思うんだがな。なにせ犬猿の仲だから」

にやりと笑った薙左は、玉助を労《いたわ》るように、

「気を抜くんじゃないぞ。あいつらは狼みたいに血に飢えているかもしれぬからな」

と雑木林の方をちらりと見やった。

「繰り返すが、此度の事件の裏には、阿片を扱う輩がいる。そいつらには情けは通

じねえ。くれぐれも油断するなよ」

「早乙女の旦那も……」

　真剣な顔になるふたりを、お藤も震えながら見ていた。恐いのではない。悪い奴は許せぬという、武者震いである。

五

　同心たちによって、船手奉行所に運ばれた鮫島は、その夜中になって、ふいに目が覚めた。喉がカラカラだったので、中庭に出て井戸から自分で水を汲《く》み上げて、喉を鳴らして飲んだ。

　寝ずの番をしていた若手同心の広瀬恭矢がすぐさま駆けつけて、背中をなでたり、腕をさすったりして体が硬直しないようにした。

「――すまぬな……」

　力のない声で礼を言った鮫島に、

「お気づきになりましたか？　私が分かりますか、広瀬です。広瀬恭矢です」

と前のめりになって尋ねた。が、鮫島は首を横に振って、

「すまぬ……まだ、どうも……」

青白い顔で、しかし凜然と背筋を伸ばして答えた。

「気分もすぐれませんか」

鮫島は少しよろっとなった。まだ、頭のどこかに衝撃の名残があるのであろう。

「頭痛は酷いですか」

さらに、広瀬が問いかけるが、鮫島はぼんやりと相手を見つめるだけだった。

「――ここは、何処かな？」

辺りを見廻しながら、鮫島は生気のない表情で聞いた。

「鉄砲洲の船手奉行所です」

「船手……」

鮫島はきちんと座り直すと、配下の同心に対する口調ではなく、

「世話になっているようだが、そこもとは広瀬……恭矢とか申したな」

「はい。私は船手奉行所に入って、まだ半年足らずですが、筆頭与力の早乙女様と
鮫島様にはいつもご迷惑ばかりをかけてます」

「早乙女……」

首を傾げる鮫島は、部屋を見廻した。海の守り神である三島大社の神棚もあるが、はっきりとは思い出せないようだった。

「鮫島さんは胴田貫の使い手で、公儀御家人の中でも随一の腕前です」

「ならば、どうして、このような……」

「それは……」

何者かにやられたということは、広瀬は言えなかった。だが、その動揺した顔を見て、鮫島は尋ねた。

「誰かに負けたのか？」

「あ、いえ……」

「正直に申すがよい。この手負いの傷、おそらく上段から打ち下ろされたのを躱《かわ》しきれず受けたものの、そのまま額に自分の刀の峰を受けたのであろう」

「！……」

「左腰の痛みは、おそらく横薙《よこな》ぎに払われたのをもろに受けたのであろうが、厚手の帯や印籠《いんろう》が幸いしたのかもしれぬな」

鮫島が深い溜息をついたとき、廊下から、串部左馬亮が現れた。

「なるほど……物忘れをしているとはいえ、剣術のことは体に染みついているのだな」

と声をかけた。

「おぬしは？」

「分からぬか……船手奉行の串部だ」

「なに？　お奉行なら、戸田泰全様ではないのか」

「おや、古いことは覚えているのだな。不思議よのう」

「それに、おぬしは奉行にしちゃ若すぎる」

「若さよりも、才覚だ」

串部が生意気な面で言うのを、広瀬は歯痒い思いで聞いていたが、

「奉行のくせに、そんなことしか言えないのですか、このような鮫島様の姿を見て！　しかも探索中のことではないですか！」

「黙れッ。誰にものを言っているのだ」

刃向かおうとする広瀬を、鮫島が止めた。

「――構わぬ、広瀬とやら……俺に何があったのか、本当のことを話してくれ」

「ならば、奉行の務めとして、篤と聞かせてやる」

通りすがりの商人を助けるために、何者かに襲われた。相手は物凄い剣術の使い手で何処かの家中のようだったが、そのまま立ち去った――と北町奉行の井戸から聞いたと伝えた。

「どうだ。何か思い出したか」

それでも、鮫島は首を振って、

「いや、分からぬ……」

「情けないな。組屋敷で寝てればよいが、こうして、ここに置いてやっているのは、またぞろ誰かに狙われてはいけないからだ。有り難く思うがよい」

そう吐き捨てるように言うと立ち去った。

「――あんな奴のこと、気にすることはありませんよ」

「あんな奴？」

「親父の七光りとやらで奉行をやっていて、船手は腰掛けだそうです。もっとも、親父殿は失脚したから、後はどうなるか分かったもんじゃありませんけどね」

「そうか……」

「あ、そうだ。よろしければ、稽古をつけて下さい。よく奉行所裏にある道場で、剣術の稽古をしてくれていたのです。それで何かを思い出すかもしれません」

「ああ。なるほど……」

じっと広瀬を見つめる鮫島の瞳がほんの一瞬、ぎらりとなった。

おもむろに道場に向かい、何十本もある木刀から一本を手にすると、広瀬を相手にゆっくりと向かい合った。青眼に構えても、やはり体がいうことをきかないのか、左右にぐらぐらしているようだった。

「参ります、先生！」

広瀬が打ち込むと、鮫島はとっさに受けて、打ち返してきた。広瀬はまたそれに合わせて木刀を振った。思いがけず鋭い太刀捌きに、広瀬は手加減するのを忘れた。

やはり太刀筋などを見極める力は鋭い。体の中から俄に目覚めて、若い同心を相手に、汗をかくくらい体を動かした。

「ま、参った！」

と広瀬が叫んだとき、鮫島は木刀を引いた。そして、道場の片隅まで行くと、正座をして俯いた。じっと動かなくなった。

「鮫島さん……」

「何かを思い出した……激しい打ち込み……だが、不思議と恐怖はない……相手は……分からぬ……だが、たしかに手応えのある奴だった気がする……」

と言いながらも、怯《おび》えるような不安な顔になった鮫島を見て、広瀬の方が恐くなるほどだった。

「私も強くなりたい……」

広瀬がはっきりとした声で、

「そして、鮫島さんをこんな目に遭わせた奴を探し出して、仇討ちします」

と威勢のよい声をあげたが、鮫島は記憶のない中で、

「そういう考えはよせ。どのような状況であったとしても、負けた奴が弱いのだ」

「！……」

「くれぐれも仇討ちだの復讐だのと騒ぐでない。武士たるもの、心を清くしておけ」

広瀬は鮫島を励まそうとしたのだが、自分の方がしくしくと泣きはじめた。悔しくて仕方ないと唸《うな》り出すような泣き声だった。

富岡八幡宮裏で見つかった下駄の持ち主を見つけたのは、その翌日のことだった。朝から雨が降っており、蒸し暑いのが重なって、不愉快な昼下がりだった。

薙左の言ったとおり、すげ替えた鼻緒を止める金具を売った卸し、それを買った店、すげ替えた職人などを辿《たど》ると、意外なほど早く分かったのである。それは——鉄砲洲にある『日向屋』という廻船問屋の三平《さんぺい》という番頭のものだった。船手奉行所とは、目と鼻の先にある廻船問屋である。

玉助は船手奉行所まで薙左を訪ねると、すぐさま報せた。

「早乙女様……下駄は、鮫島さんが助けようとした商人のものでした」

「でかしたな、玉助」

「へえ。やはり、奥村の旦那より、やり甲斐《がい》がありやす」

嬉しそうに玉助は笑って、

「で、あっしはこう思ったんですがね……その三平っていう番頭は、腕利きの侍から逃げている途中に転ぶか何かして、下駄が脱げた」

「つまり、あの血は三平の血だというのだな」

「へえ」

「そう思う訳は」

「下駄が三平のものだったということと……実は、廻船問屋の『日向屋』は、阿片の抜け荷に関わっているという噂が……」

「うむ。それで?」

「三平が主人らに黙って阿片一味に関わっていて、下手を踏んだから殺されたのかもってね、そう思いやした」

「なるほど……それは、ありえるな」

薙左は腕組みして考えた。実は、目付の梶本に会った。結局、けんもほろろだったものの、『日向屋』が抜け荷に関わっていたことを、薙左も小耳に挟んでいたからだ。

「鮫島を斬ろうとした武家も、阿片一味のひとりということかと。だとしたら、菊蔵と三平は、いずれも阿片一味の者で、町方や目付の手が及んできたから消された……のかもしれぬな」

「端から、もっとちゃんと調べてりゃよかったですねえ。奥村の旦那は、ああいう性分ですから、手柄に走るだけで、根気が足りなくて……」

「人の悪口は言うな。奥村殿は奥村殿で、色々と探索をしている節もある」

薙左はたしなめるように言ったが、玉助は悔しそうに、

「それにしても、どうなっちまってるんでしょうねえ」

「まずは、これで……もう一度、あいつに探りを入れてみるとするか」

薙左はぐいと腰の刀を握った。

「これは真剣で、刃も研いである。でないと、そこには、サメさんをやった強い奴がいるかもしれないからな」

「え？　誰のこと？」

六

「ごめんよッ」

腰高障子を開けると、座敷では暇をもてあましている助六と何人かの番人が、花札をして遊んでいた。明らかに賭《か》け事をしている。多少のことには目をつむる薙左だが、幾ら少額であっても、自身番で賭け札はいかんだろうと注意した。

番傘を畳んで中に入った薙左は、昨日訪ねてきたときとは、えらく違う厳しい顔なので、助六は身構えるように、

「旦那……雨が吹き込みやすから、早く戸を閉めて下さいよ」

「黙れ、ゲスやろう」

いきなり薙左は乱暴な口調で言った。もちろん、相手を怒らせるために、わざと言っているのだ。眉間に皺を寄せて、花札の台の前に踏み込むと足で払って、

「おまえら、それでも十手を預かる身か。けったくそ悪いッ」

「早乙女の旦那……これはただの遊びですよ。賭け事なんかじゃ……」

花札を集めながら、助六が言うと、それをもう一度、蹴散らして、

「遊んでる暇があるなら、菊蔵殺しと三平殺しの下手人を、もっと真剣に探さないか」

と、ふたりの名をしっかりと大きな声で言った。助六は花札を踏みにじられて、

少しカチンときたのか、

「あまり行儀がよろしくありませんねえ。旦那の品位が疑われますぜ」

「おまえに言われたくないな。おまえみたいなゲスやろうによ。ぐずぐずしてねえで、三平殺しの方も片づけねえかッ」

助六はカッとなりそうなところを、必死に我慢しながら、

「何があったか知りやせんが、八つ当たりはしねえで下せえ。これは本当に遊びで」

と言い訳をすると、薙左はニヤリとなって、

「やっぱり知ってやがったか」

「――え？」

「三平殺しのことをだよ。二度もこの名を言ったのに、誰かとも言わねえんだから、先刻承知ってわけだ。『日向屋』の番頭だってことをな」

「！……」

「殺ったのは、おまえたちかい」

薙左は助六と番人たちを見廻しながら、

「どいつもこいつも大した面構えだぜ。ろくでなしの岡っ引とつるんで、まさか自身番の番人までが人殺しに荷担していたとは、閻魔様でも気がつくまいよ」

「な、何の話でえ……」

「菊蔵と三平が殺されたのは、同じ理由だ。生きてられちゃ、てめえらに不都合な人間になっちまったからだ。そうだろうがッ」

薙左が喧嘩をふっかけるように言うと、番人が裾を捲り上げて、

「なんだと、このやろう！」

と立ち上がった。

「本当のことを言われりゃ腹が立つ。なあ、助六……おまえが、阿片の一味とつるんでいるのは、とうに分かってるんだ。おとなしくお恐れながらと出向いた方がいいぞ。船手でも奉行所でもなく、目付様にな」

と薙左が挑発するようにそう言うと、後ろに控えていた玉助も、そうだそうだと合いの手を打つように声をかけた。だが、助六は至って冷静な顔に戻って、

「旦那の誘いには乗りやせんよ」

もう一度、花札を寄せ集めながら、

「早乙女の旦那……俺たちゃ、花札遊びがせいぜいで、阿片なんぞという悪さをする度胸はねえ。船手の筆頭与力様なんぞに逆らう気もありやせんよ。へえ、隠し事は一切ありやせん」

証拠がないからと白を切るつもりだろうが、ここで引き下がる薙左ではなかった。この助六の態度で、ますます確信を得たからだ。

「隠し事はないとぬかしたな」

「へえ。そのとおりで」

「なら訊くが……鮫島を斬った侍と時々会っているのは、どういうわけだい」

「…………」

「それと、三平が奉公していた『日向屋』に頻繁に訪ねているのはなぜだ」

「…………」

「富岡八幡宮裏の方には、血が流れていた痕があったが、当代一の岡っ引の助六親分がてめえの縄張りの異変に気づかないわけがない。雨が降って流れればいいとでも思ったかい。今頃は綺麗サッパリ消えてるだろうが……下駄を拾い忘れたのが運の尽きだと諦めな」

「下駄……？」

薙左はそれには何も答えず、

「天網恢々《てんもうかいかい》疎にして洩らさずってやつだよ」

と助六の前にしゃがみ込んで、十手で顎を突き上げた。

「──知らねえって言ってるでしょうが、そんな侍なんざ。『日向屋』に行くのは、色々と日頃から見廻りをしてるからだ」

「縄張りでもない鉄砲洲にかい」

「…………」

「助六……おまえは、あのとき……鮫島が斬られたところのすぐ近くにいたな」

「知らねえ、知らねえ」

「だが、ちゃんと見ていた者がいるんだよ」

「…………」

「駆けつけてきた女と御用提灯を掲げた町方役人がよ、おまえの顔を見たってンだ。だが、よく知られた岡っ引だから、てっきり鮫島と一緒にいるものだと勘違いをした」

「知るもんか。そんとき、俺ア……」

「俺ア、なんだ」

　口を閉ざした助六に、薙左は畳みかけるように言った。

「そんときって、どのときだ？　そんな所にいないで、他の何処にいたってんだ……よう、助六。おまえの言葉の端々から、もう色々なものが洩れてるんだよ。上手の手から水が洩れるようによ」

　助六は頬を引き攣《つ》らせて、

「ふざけるな……何がなんでも俺を阿片一味にしたいんだろうが、俺は何の関わりもねえ。菊蔵や三平のことも知らないんだから、しょうがねえじゃねえか」

「だったら、どうして松蔭先生の所にいた鮫島を襲ったりした」

「……それも、知らねえ」

「襲った奴のひとりが、おまえに頼まれたって、さっき奥村殿が吐かせたンだよ」

「えっ……」

　一瞬、動揺が走ったが、そんなはずはないと首を振った。

「またハメようとしやがったな。そいつらなら……」

「そいつらなら?」

「……………」

「ほらな。隠すより現れろだ。どうせ、もう何処かへ逃がしてるんだろう」

薙左はじっと助六を睨みつけて、

「町奉行所がきちんと動かないから、船手では前々から阿片一味の探索をしていたんだ。菊蔵はすんでのところで逃がしてしまったが、あれは目付から洩れていたからだ……そして、菊蔵を逃がすふりをして、殺した。こっちは、梶本さんも怪しいと睨んでたんだ……なあ、助六。おまえは奥村殿から御用札を貰う一方で、目付の梶本さんからも、金を貰っていたよな」

「それが、どうした。同じ御用の筋じゃねえか」

「同じ御用の筋ねえ……悪事に荷担するのも御用かい……このままなら、おまえも菊蔵や三平と同じ目に遭うぜ。こうして、追い詰められているからな」

「ば、ばか……なにを……」

わずかに肩が震えるのを見た番人たちは、逃げ腰で間合いを取りながら、

「あっしらは何も……」

知らないと首を振った。花札につきあったり、時々、助六の十手御用の手伝いをしていただけだという。

にんまりと笑った薙左は、助六の前に座り込んで、

「なあ、助六。殺されたくなきゃ、素直に話すのが一番いいぜ」

「……おととい来やがれ。俺は何も知らねえって言ってるだろうがよッ」

助六は凄んだ顔になって、片膝を立てて、

「こちとら、伝法院の助六と呼ばれた男だ。たしかに元は、やくざ稼業に身を沈めていたこともあるが、梶本の旦那に地獄から掬《すく》い上げて貰ったンだ。てめえらがゲスの勘ぐりするようなこたア、一切してねえやッ。大概にしねえと、与力様でも承知しねえぜ」

腹の底から噴き出るような啖呵《たんか》を切った。その助六を唖然と見た薙左は、

「あ、これは、済まなんだ……」

と身を引いて、

「あ、いや……本当に関わりないなら、それでいいんだ……俺も立場上、ちょいと手柄を焦ってな。わ、悪かった」

「この助六に難癖つけるなら、腹を据えてから、おいでなせえやし」

「いや、本当に済まない……このとおりだ」

と薙左は頭を下げて、

「ちゃんと御用の筋を通さなきゃならないのにな。申し訳ない。このことは、どうか梶本様にも黙っててくれ……な」

急に弱腰になって、すごすごと自身番から出ようとする薙左を、玉助も情けない顔で見ていた。助六は玉助にも、

「てめえも、さっさと出て行けッ。まったく、塩を撒《ま》きたい気分だぜ、くそうッ」

と悪態をつく前を通って、薙左は表に出た。そして、通りに出るなり、ギャハハハと自身番の中から笑い声が起きた。

それに呼応するように、薙左も突然、ワハハと腹を抱えて笑った。まるで、狂言師が笑う芝居をするような大袈裟《おおげさ》な笑いで、

「ハアハッハ！　こりゃたまらんわい。ハアハッハ……ハアハッハア。アハハハ！」

薙左は吐き出して笑うと、中から助六が怪訝《けげん》そうに覗《のぞ》いていた。薙左は腹をよじ

って笑い続けながら、

「あれで、助六の奴、勝ったと思ってやがる。鮫島がすべて思い出したとも知らずによ。ワハハ、アハハハ！」

薙左は玉助とともに立ち去るのであった。ただ、玉助は何がおかしいのか分からないから、首を傾げながら、つきあいで笑っていた。

少し離れた路地に行くと、玉助は真顔に戻って、

「早乙女様……あれでは、助六に、鮫島様を狙えと言っているようなものじゃないですか……大丈夫ですか」

玉助が心配すると、薙左はまだ笑い続けながら、

「おまえも、そのくらいなら気づくか。心配には及ばない。うちには海の猛者が何人もいる。襲いに来るとしたら、例の腕利き侍くらいだろうよ。ワハハ」

立ち去る薙左を見送りながら、

「奥村の旦那がまっとうに思えてきた……」

と呟いた。

七

その日のうちに、薙左は八丁堀組屋敷にある奥村の屋敷を訪ねた。

探索に出ずっぱりで手入れができないのか、庭の夏草が茫々であった。町方与力や同心の組屋敷も冠木門《かぶきもん》があって、一応は武家屋敷だが、日焼けした板塀や風雨に晒《さら》されて壊れかかった門柱が、なんとも哀れだった。

声も掛けずに敷地内に入ると、これまた腐りかかった縁台に並んで日向《ひなた》ぼっこをしている夫婦の姿が見えた。奥村と女房のお態である。まさに熊が二頭並んでいるようで、愛らしかった。その姿を見て、薙左は少しばかりほっとした。奥村と言えば、いつも不機嫌に大声をあげて、周りの同心たちを睥睨《へいげい》している男だからである。

足音に奥村の方が気づいて、薙左を見るなり、表情が強《こわ》ばった。

「なんだ、てめえ……黙って人の屋敷に……」

「申し訳ありません。くつろいでいるところを……」

薙左が声をかけると、奥村はのっそと立ち上がって、

「あんたが来る所じゃねえ。帰ってくれ」

「実は……お頼みしたいことがありまして……お邪魔とは思いますが」

「ああ。邪魔だよ、帰れ」

と繰り返す奥村に、頭を下げながら、薙左は近づいて、

「奥村殿が追い詰めかけている阿片一味についてでございます。もうすぐ片づくとは思いますが、肝心のことが……」

阿片一味という言葉に、奥村はうっと怒りの鉾先《ほこさき》を収めた。

「どういうことだ……」

「あ、はい……奥様にはお初にお目にかかります」

頭を軽く下げる薙左に、お熊は顔を向けはしたが、心ここにあらずだった。薙左にはそう見えた。

「女房のことなど、どうでもいい。おまえがわざわざこうして来るとは……何か重要なことを摑んだのだな」

「はい……」

「だが、ここは奉行所ではない」

とは言ったものの、困惑したように表情が曇った奥村は、お熊の手を引いて、

「さ、おまえは奥で……俺はこの方と少し話があるのでな」

と外では見せたことのない優しい顔つき、穏やかな口調で、労るように行こうとした。すると、お熊がふいに振り返って、

「──いつも、うちの人がお世話になっております……どうも、どうも……」

と頭を下げた。

「どうもすみませんねえ。私はどうやら、ほんの昨日のことも忘れるようになったみたいで……本当にごめんなさい」

上品な態度で、奥村に手を引かれて奥に行った。食べかけにしていた饅頭を載せた盆も、奥村は一緒に運んだ。

すぐに戻ってきた奥村は、薙左の哀れみを帯びた目を見て、

「同情には及ばぬ。息子たちももう元服して頼りがいがあるからな。特に船手ごときに、情けをかけられたくない」

「…………」

「なんだ、その目は。大変だと思っているのだろうが、俺の女房のことだ。おまえ

に関わりはない」

　薙左は何も言わず、軽く頭を下げた。すると、奥村の方から、

「鮫島が、大変な目に遭っているんだってな。……気の毒だが、鮫島は時が治す。お熊は、そうは参らぬ」

「………」

「で、阿片についての話とは」

　奥村は薙左が何を訊きに来たか、承知しているかのような目で見た。

「菊蔵ともうひとり、『日向屋』という廻船問屋の番頭が襲われましてね。鮫島はそいつを助けようとしたときに、あんな目に遭ったのです。私なりに色々と調べましたが、どれもこれも袋小路でして」

「おまえが、泣き言を言うとは思えぬ。本当は何か摑んだな。それで、俺をけしかけて、突破口を作ろうって腹だろう」

「これは、ご明察で」

　薙左が微笑むと、奥村は真顔で、

「からかっておるのか」

「まさか。いたって真面目でございます……奥村殿は腹の底から、阿片一味の事件を暴きたいと思っていることは承知してます。娘さんのためにもね」

「…………」

「だから、事と次第では、十手を返上してでも、自ら探索を続けようとしていた。それでも暴ききれないほど根深いってことは……目付が動いているところをみると、幕府自体が関わっているからではないでしょうか」

「さあ、どうかな」

奥村はいつになく慎重に言葉を選ぶように言った。だが、それは梶本を意識してのことだと薙左は思った。

「俺たちが押さえようとした『桜家』から消えた菊蔵が殺されたし、『日向屋』の番頭の三平が消されたのも耳にしている」

「はい。『桜家』の者たちも、阿片一味の仲間だったようですが、みな姿を晦ましました。廻船問屋も裏では阿片の抜け荷と関わりがありそうです」

「──そうなのか？」

驚きを隠せない奥村は、悔しそうに唇を嚙んだ。

「もっと、丁寧に探索しておくべきでしたが……俺がひとつだけ、引っかかっているのは、奥村殿……あなたが、どうして、ここまで事件を暴こうとしていたかです。もちろん、娘さんのことは承知してます。奥様も承知していることなのでしょう」

「何が言いたい」

「はい……」

薙左が少し口ごもると、奥村はいつもの険悪な表情になって、

「はっきり言ってくれ。どうせ何か摑んでいるのだろう」

「どうか、お聞き下さい」

薙左は、自分が調べたことを粗方、話してから、

「幕府の中に、異国船からの抜け荷を扱う、阿片一味と繋がっている奴がいるのではないか……奥村殿はそう気づいていましたよね。梶本さんが、こそこそ動いていた理由は、そこにあるのでは？」

「………」

「私は、目付の梶本徳三郎さんと伝法院の助六が怪しいと睨んでました。梶本さんと会ったときに、腹の虫が鳴いたのです」

「腹の虫が……」

「嫌な鳴き声でした……助六自身は、阿片についてさほど知らされていないと思います。ものを売り捌いているのは、別に売人がいるということですからね。たとえば、『桜家』の連中のように……助六は使いっ走りで、口封じ担当ってところでしょうな」

「………」

「ですが、少なくとも梶本さんは、一味と深く関わっているでしょう」

「ほう……どうして、そう思う」

「菊蔵の一件も、強引に北町から、目付扱いにしましたしね……それと、富岡八幡宮裏で起こった事件……鮫島さんが見たあの事件こそが、実はすべての証になると思うのです」

「………」

　薙左は真剣に奥村の目を見つめて、

「剣術や柔術、いや他の勝負事でも、結局は鍛錬とともに、長年の勘が鋭い方が勝つものなんです。けど、勝敗のケリをつけるのは、鍛錬だけでも勘だけでもありやせん」

「………」

「強い方が勝つとは限らない。弱い者が勝つことも多々ある……そこが勝負の面白いところです。あれほどの鮫島さんがなぜ負けたのか……その差は何か……私は考えたんですがね……運ですよ」

「運……？」

「剣術で戦うときに、相手が倒れたときのことを考えて戦いますか？　居合いでは、一太刀が命です。その後で、手合いを重ねていけば、どれがよい太刀筋か悪い太刀筋かは分からなくなります。最善の手は、最初の一太刀で決まるのです」

「何を言いたい」

「初めの一太刀が間違いだと気づけば、取り直しもきくでしょうが、それに気づくか気づかないかが……勘なんです。自分が正しいと思った勘でも間違えば、手筋はどんどん変わっていきます。とくに剣術は一太刀一太刀が勝負。勝負の連続です……それが途切れるのは、どっちかの運が優れているときです。その運はしかし……泣き出すほどの弱虫の方につく。意外でしょうが、必死に逃げたいと思う方に、運はつくんです」

「………」

「勝ち残ったのが強運と言いますが、私に言わせれば逆です。本当は心技体の弱い方が勝つンです。必死ですから……」

奥村は薙左に飲み込まれそうになったが、いつものふてぶてしい表情に戻ると、

「はっきり言え、早乙女……俺が何か悪事に手を染めている……それは弱い心からだ、とでも言いたいのか」

薙左はじっと見据えたまま、

「私は、梶本さんと会ったときに、ちょっと感じました……奥村殿を何とも思っていない。あれほど、毛嫌いしていたのに……それはつまり……」

「………」

「籠絡《ろうらく》できたからです。たちまち、奥村殿は阿片についての探索をしなくなった。菊蔵と三平のことも調べようともしない……奥村殿は初めの一太刀を誤ったのです」

「………」

「悪事を見逃すということは、荷担をしたに等しいと思います。それで得た金で、薬を得たとしても、奥様はお喜びになりますか」

「早乙女ッ……！」

奥村は少し気色《けしき》ばんだが、薙左は怯まずに続けた。

「奥村殿！　娘さんのような人が、まだ江戸で苦しんでいるのですよ！」

「…………」

奥村は目を伏せて、小声で言った。

「お熊には苦労ばかりかけてきた……儂は御用一筋……楽しい思いのひとつもさせてやれなかった……娘が死んでからは尚更、苦しんだに違いない……」

「…………」

「あいつは、ああ見えて思い込む女でな……しかし俺は、見て見ぬふりをしていた」

「だからといって、阿片一味を見逃してはいけません。梶本さんに何を言われたのですか……奥様の命を奪われるのですか。そんな脅しに乗る奥村殿ではありますまい」

「早乙女……」

奥村は口元を引き攣らせながら、

「……そこまで承知していながら、なぜ俺に情けをかける」

「いつも強い奥村殿にも、ここはひとつ、泣き虫の弱虫で、危機を乗り越えて貰いたい。三十六計逃げるに如《しか》ずとも言います。すべてを、お奉行に話せば、まだ大丈夫です。私の義父も力になります」

知っていることを告白して、同心としての気概を取り戻せと、薙左は言っているのだ。むろん、奥村もその気遣いは分かっている。しかし、自分の顔すら忘れてしまいそうな女房の姿を見ていると、何もかもがどうでもよくなったのだ。

「――なあ、早乙女……いや、早乙女様……あんたにも女房子供がいるなら、なんとなく分かるだろう……女房と過ごした歳月がこんなに長いのに、何ひとつ覚えてくれてねえのは、悲しいものだぜ」

ぽつりと言って、しんみりとなる奥村の姿に、薙左はそれでも、

「人として、やっちゃいけないことは、いけないんです。あなたは小狡《こずる》いところはあるけれど、大儀は揺るがなかった人だ。どうか、以前の奥村殿に戻って下さい」

と声をかけると、背中を向けた。

「あら、もうお帰りですか？」

座敷の奥から、お熊の声が聞こえてきた。

八

相変わらず、鮫島の物忘れは戻っていなかったが、剣術の稽古だけはしっかりと同心たちにつけていた。

船手の稽古には独特のものがあって、〝シーソー〟のような板の上でやることがある。船での戦闘を想定してのことである。自ずと足の踏み方や間合いのとり方が変わってくる。やはり、体に染み込んだ技というものは忘れられないものである。このまま御前試合に出ても勝ち上がりそうだ。何より、こうして汗をかく稽古の中で、ふっと記憶が蘇ることを期待していた。

だが、広瀬たちは奉行所からは一歩たりとも、外へ出さなかった。またぞろ、下手人が襲って来ないとも限らないからである。

一方、奥村はすべてを正直に、北町奉行の井戸に話したものの、梶本や助六は相変わらず、知らぬ存ぜぬを通していた——ということを、薙左から聞いていた鮫島だが、まだ事態を深くは飲み込めていなかった。

暮れ六の鐘がなったときである。

鮫島を護衛していた広瀬は、誰かがずっと船手奉行所を覗いている気配に囚《とら》われていた。身のまわりの世話をしに来ていたさくらも気がかりだった。ふと見やると、裏庭の垣根の向こうに、編笠の侍がひとり、じっと様子を窺っていた。

「あいつに違いないッ」

さくらと同時にそう判断した広瀬は、刀を手に取ると立ち向かおうとした。その前に、ゆらりと立ったのは、鮫島自身であった。

「おまえの敵《かな》う相手ではない」

「は……？」

「どうせ、俺が何か思い出す前に斬ろうという魂胆だろう。こっちから引き込む」

「——引き込む」

「剣術の極意も同じだ。決して、こちらからは手を出さぬが、殺気のある者には、こっちも気を発して自分の間合いに引き込んで、斬る……そういうことだ」

「でも、鮫島さん……」

「案ずるな。立ち合えば、同じ相手かどうか思い出すはずだ、太刀筋でな……そして、俺は同じ相手には二度と負けぬ」

そうささやいて庭に降りると、鮫島は独特の気を発した。その気に、まさに吸い込まれるように、ひらりと裏庭に駆け込んできた編笠の侍が鮫島に斬りかかった。

――シュン。

最初の一太刀で斬る気迫だった。だが、予想外の動きをした鮫島に、相手は前のめりになり、わずかにたたらを踏んだ。しかし、振り返りざま、横払いをしてきたその太刀筋が、鮫島には手に取るように見えた。

「やはり、あのときの……！」

鮫島がぽつりと言うと、相手は鋭い剣捌きで次々と打ちつけてきた。

――ガキッ、ガツッ。

鈍い刃の音が重なったとき、同心たちが数人、ドッと駆け出てきた。みな真剣を手にしているが、鮫島は怒声を発した。

「手を出すな！　こやつの剣は邪剣だ。怪我をするのがオチだ！」

鮫島は決して近寄るなと釘を刺した。そのわずかの隙に、相手の切っ先がバサッと肩口を掠った。だが、素早く避けた鮫島は、わずかに着物が裂けただけだった。

「キエエイ！」

相手が二の太刀、三の太刀を浴びせてくるのを、鮫島は反転しながら避けたが、たしかに凄い腕前であった。しかし、鮫島も負けてはいない。さらに鋭く攻撃してくる刃を受け止めて弾き返したのは、やはり記憶のどこかにある太刀筋を覚えているからだろう。

しかも、ずっしりと重い剣捌きは、効率よく体を使っているためだ。何度も刃を重ねていると、こっちの手が痺れてくる。しかも、相手の刀はふつうの刀よりも一寸程長いと見える。剣術とは、切っ先の一寸で勝負を決めることを熟知しているようだ。だが、そうなると、わずかでも重みが増えるため、動きは緩慢になるはずだ。しかし、そんな様子はない。鋭く打ち込んでくる力強さに、鮫島はしだいに押しやられたが、

「とりゃ！」

　重い太刀筋をかわして、体ごと相手にぶつかって押しやって斬り払った。すると、相手の小手に命中した。が、相当の武芸者だからであろう。平然と片手で刀を持ち直し、斬り込んできた。

　それでも、もはや鮫島の敵ではなかった。ズンと首根っこに刀を落とした——寸前、峰に返していたから死ぬことはなかったが、鎖骨を折った。

「これまでだな」

　刀を落とした編笠の侍は、観念したように膝をついた。そこへ、同心たちが駆け寄って、一斉に押さえつけ、編笠を剝《は》ぎ取った。

　その優男《やさおとこ》っぽい顔に、鮫島は覚えはなかったが……羽織にある家紋の〝丸に三つ葉葵〟には驚いた。そうして驚いたことを思い出したのだ。しかし、よく見ると、その家紋は、

　——守山三つ葉葵。

　で、隅切り角のものであった。むろん、徳川御一門ではあるが、将軍家でも御三家でもない。

「そうか……なるほど……たしかに、俺はおまえにやられたようだな」

沸々と思い出す鮫島の前で、相手は苦笑いをしながら、

「――本当は来たくなかった……」

と洩らした。

「今度、戦えば負けるかもしれぬ……そういう予感がしていたが、当たってしまった」

「……ああ、なるほど……思い出したぞ」

鮫島はその男の前に行って、

「あの折り、おぬしは俺に斬られてもよいという覚悟で、わざわざ舞い戻ってきて俺と勝負になった……」

「………」

「斬られてもよい。死んでもよいという覚悟は、何故か、たった今、分かった気がする」

鮫島が穏やかに話しかけると、相手は何も言わずに脇差を抜き払おうとしたが、同心たちがそれを奪い取った。切腹をされては真相がすべて消えてしまうと思ったからだ。

「まだ遅くない。うちの若い筆頭与力は話のよく分かる奴だ。退官はしたが、前の船手奉行の戸田泰全様は、まだ幕閣に顔はきくし、男と男の約束も重んじるお方だ」

「御免被る……身共は、金欲しさのために、魂と刀を売り続けてきた男だ……徳川一門に生まれながら、何の役職にもつけず、剣を使うところもなく……無為に生きてきた」

「………………」

「同情は無用。斬るがよかろう」

「命を無駄にするな……その剣、よいことに使えば、いくらでも世のため、人のためになったはずだがな」

「………………」

「鮫島さん、こんな奴、さっさと捕縛して、牢送りにしてしまいましょう」

広瀬が身を乗り出したが、鮫島はまあ待てと制して、その男を見下ろして、

「拙者も武士でござる。すべてを正直に話せば、切腹の際には介錯《かいしゃく》を買って出る。おぬしは……何らかの事情で、阿片一味に荷担していたのであろう？」

「…………」

「船手ではもう調べておるらしいぞ。北町奉行所筆頭同心の奥村までもが、梶本という目付に籠絡されていたらしい」

その名前に、男は反応して、俯いてしまった。深い溜息をついて、黙り込んだまま、座り続けていた。

徳川御一門であっても、浪人の扱いは町奉行所が取り仕切る。もちろん、船手奉行所も同等の権限がある。

男は、松平右門《まつだいらうもん》という者で、水戸藩の支藩である守山二万石の係累であるが、いわゆる部屋住みであった。

「なんだ、おまえたちは！　俺をバカにするのか！」

町奉行所に連行された途端、往生際の悪さを晒して、もっと男を下げた。やはり、いざ切腹となれば、我が身がかわいいと見える。むろん、理由は他にもあるらしかった。財政に苦しむ幕府は、以前から守山藩には手厳しく、公儀普請などを要求していたからだ。

もちろん、そのような政事とは縁のなかった右門だが、下級役人に取り調べられるのが不愉快だったのであろう。

だが、調べに出てきた船手奉行の若さに惨《みじ》めになった。実質、吟味をするのは筆頭与力の薙左だが、こちらも自分よりはるかに若い。己が哀れに思えたのか、松平は滔々《とうとう》と語りはじめた。

富岡八幡宮近くで、三平を殺したこと。菊蔵の方は、助六が仲間を引き連れて、錐で突き殺したこと。それらは、すべて目付の梶本が命じたことであること。梶本は、廻船問屋の『日向屋』を利用して、阿片の抜け荷をさせていたことなどを話した。

それら一部始終を、船手奉行から呼び出されて、陪席で聞いていた梶本は、じっと腕組みをしたままである。吟味部屋の〝お白洲〟には、助六も神妙な顔で座っていた。

「さよう相違ないか、梶本様……」

薙左が問いかけると、

「――はて。困りましたな」

梶本は腹の底から溜息をついて、

「私こそ、阿片について探索をしておりました。そのために、腕利きで、出自も立派な松平右門様に『日向屋』への探索を頼み、助六にも潜り込ませたりしておりました。お陰で、色々なことが分かってきたのです」

「色々なこととは？」

「菊蔵と三平は元々、同じ釜の飯を食っていた悪同士で、牢から出て来た菊蔵とともに、阿片を扱うようになったこととかです……私が仲間などというのは、まったくの誤解でございますよ、早乙女様」

と梶本が見やると、串部が身を乗り出して、

「奉行は身共だ。こっちを向いて言え」

じろりと梶本が睨み上げた。途端、串部は目を逸らして、

「あ、よいよい……早乙女。おまえに任せたから、後できちんと報せよ」

と言って、すごすごと立ち去った。

薙左は一瞬、呆れたが、真顔に戻って、梶本に訊き直した。

「しかし、松平右門殿は反省をし、真実を話しているが？」

「バカバカしい」

「何がです」

「こう言ってはなんですが、この御仁には変なところがありましてな」

「変なところ？」

「自暴自棄というか、世を拗《す》ねているというか……常に自分の死に場所を探しているような人でしてね。だから、鮫島拓兵衛に殺され損ねた上は、お上に処刑して貰おうと思って、そんな出鱈目を……」

「出鱈目は、おぬしではないのか」

　薙左は毅然と言った。

「お待ち下さい。御一門だからといって、本当のことを言っているかどうかなんぞ、あてにはなりませぬぞ。事実、私は何もしておりませぬし、殺したのは自分だと、右門様は吐いたではないですか。私は命じてなどおりませぬ」

「梶本さん……船手奉行所といえども、これは老中若年寄も承知の吟味でござる。真面目に話して下され」

「！……だったら、評定所にて話をしていただけますか。私も御家人とはいえ武士でありますれば！」

「この期に及んで、居直るつもりだな」

薙左が厳しい口調で迫っても、梶本は硬直した態度を変えようとはしなかった。

「では、伝法院の助六。おまえに尋ねる。梶本とおまえは、阿片の一件や此度の殺害に関わったか、否か」

「あっしにも何のことだか、さっぱり分かりません。へえ」

「――そうか……そこまで白を切るならば、仕方がないな」

呆れ果てたように言った薙左は、手を叩いて、

「奥村慎吾殿、これへ」

と声をかけた。

すると、町人溜まりから、奥村が連れて現れたのは――死んだはずの三平であった。

その姿を見た梶本と助六は、凝然と身を反らした。

「こいつが誰か分かったようだな」

薙左が言った。ふたりは黙ったままだった。

「おまえたちが松平様に命じて、殺させた三平だ、『日向屋』の番頭のな」

「……………」

「鮫島の小柄が間に合って、右門は留めをさせなかった……そして、町医者・松蔭のお陰で、かろうじて命拾いをした……だが、生きていると分かれば、また命を狙われる。だから、ある寺に預けて、身元が分かるまで、しばらく隠しておいたのだ」

啞然とした表情を浮かべる梶本と助六に向かって、薙左が言った。

「もはや、言い逃れは見苦しいぞ。そこな三平は、主人共々すべてを話した。『日向屋』は他にもご禁制の品を扱っていたから、梶本、おまえに脅されて、阿片を扱わざるを得なかったとな」

「――知りませぬ」

梶本は頑として認めなかったが、助六は自分だけは助かると思ったのか、

「そうです……すべて話します……私も梶本様に、色々と脅されていて……でねえと、娘を殺すと言われて……へえ」

「助六！　裏切るのか！」

思わず発した梶本の言葉に、薙左は険しい声で、

「いや、これは、御用札を預けた岡っ引のくせに悪さをしたことに対して……」

「語るに落ちたな」

「見苦しいぞ！　この痴《し》れ者めが！」

薙左は思わず扇子を投げつけた。したたか眉間に受けた梶本は、がっくりと両肩を落として、悔しそうに唇を噛んだ。

「どんな悪事も割に合わぬ……でしょう、梶本さん」

薙左はほっとした笑みを洩らした。

その日——。

鉄砲洲稲荷前の『あほうどり』に出かけると、厨房では、鮫島が何事もなかったかのように、さくらと一緒に芋の煮っころがしや酢のものなどを作っていた。

「……もう大丈夫なのか？」

「俺ア、嫌なことはすぐに忘れる気質《たち》でな」

「忘れる？」

「ああ。すっかり」

「また忘れたのですか、サメさん……」

さくらと一緒に楽しそうにしているのを眺めていると、お藤が桶に入れた浅蜊《あさり》を買い込んできた。

「あらら。ぼうっとしてないで、薙左さんも手伝って、手伝って。当店の名物、六子丼が品切になっちゃ、お客さんに申し訳がないでしょうが」

「はあ……」

「それに、今日は加治さんも久しぶりに訪ねてくれるンですって。此度のことも、あれこれ裏で動いてたんですよ、薙左さん、あなたのために。知ってた？」

「知りませんでした。でも、丁度よかった。加治さん、浦賀奉行所の支配組頭に決まったようなので、お祝いしましょう」

「え、そうなの……」

寂しそうな顔になるお藤に、薙左は笑いかけた。

「お藤さんも一緒に行ったら、どうですか、浦賀まで」

「――浦賀まで……」

「これから大変な世の中になりそうだが、カジスケなら……うん、やっぱりカジスケでいいか、あの人なら、異国船の海の男たちとも対等にやり合える。そうでしよ」

「そうね……そうかもね……じゃ、今日はとことん飲むから、ゴマメちゃんもつきあって下さいね。偉くなっても、私にとっては、ゴマメちゃんなんだから」

お藤がそう言うと、薙左は両手を掲げて拒絶して、

「あ、そうだ……私は今日、約束があったのです。静枝と圭之助、親子水入らずで、何かおいしいものでも食べに行こうと」

と言うすぐに、さくらが厨房から顔を出して、

「うちは不味《まず》くて悪かったですね。べえ」

舌を出して、またすぐ引っ込んだ。

暖簾を分けて見上げた薙左の目に、青空が広がった。江戸の空を流れる雲は優雅で涼しそうだった。

この作品は書き下ろしです。

船手奉行《ふなてぶぎょう》さざなみ日記《にっき》(一)

泣《な》きの剣《けん》

井川香四郎《いかわこうしろう》

平成24年12月10日　初版発行

発行人――石原正康
編集人――永島賞二
発行所――株式会社幻冬舎
〒151-0051東京都渋谷区千駄ヶ谷4-9-7
電話　03(5411)6222(営業)
　　　03(5411)6211(編集)
　　振替00120-8-767643
印刷・製本―中央精版印刷株式会社
装丁者――高橋雅之

幻冬舎時代小説文庫

ISBN978-4-344-41950-6　C0193　い-25-8

幻冬舎ホームページアドレス　http://www.gentosha.co.jp/
この本に関するご意見・ご感想をメールでお寄せいただく場合は、
comment@gentosha.co.jpまで。